LE DEAUVILLE INTIME DE...

# LE DEAUVILLE INTIME DE...

François Bott, Belinda Cannone,
Arnaud Cathrine, Régis Debray,
Frédérique Deghelt, Colette Fellous,
Jérôme Garcin, Max Genève,
Paul Giannoli, Jean-Louis Gouraud,
Patrick Grainville, Stéphane Héaume,
Philippe Labro, Christine Orban,
Vanessa Schneider

*NOUVELLES*

MERCVRE DE FRANCE

Ouvrage publié avec le soutien de la Ville de Deauville.

*Préface*

# DEAUVILLE AIMÉ DES ÉCRIVAINS

Philippe Augier

Lors de la création de Deauville en 1860, Gustave Flaubert y possède une ferme héritée de ses parents sur l'emplacement qui accueillera, quelques années plus tard, la Villa Strassburger.

Dans la première partie du XXe siècle, Tristan Bernard et Sacha Guitry sont habitués de l'hôtel Normandy, tandis que Guillaume Apollinaire, Jean Cocteau, Georges Simenon, Pierre Mac Orlan, Maurice Dekobra et Paul Morand écrivent, lors de leurs séjours, des pages singulières et réjouissantes sur l'animation estivale de Deauville. Dans les années 1950-1960, Colette, Joseph Kessel et Françoise Sagan adoptent Deauville étés comme automnes. Ils aiment la ville, animée ou endormie. Ils ont plaisir à venir y écrire. Ils restituent la comédie humaine de Deauville, prennent les lumières du Casino et savourent celles, toujours changeantes, de la plage.

En 2001, devenu maire de Deauville, j'ai eu plaisir à rassembler et faire se rencontrer les écrivains qui vivent une partie de l'année sur notre territoire de la Côte fleurie et du pays d'Auge. Avec François Bott, Jérôme Garcin, Paul Giannoli, Christine Orban, Patrick Rambaud, Benoît Duteurtre, Marie-Claire Pauwels, François Reynaert… nous nous sommes retrouvés régulièrement et avons imaginé ensemble Livres & Musiques, le festival littéraire de Deauville. Ce temps fort créé en 2004 accueille et promeut chaque printemps les écrivains inspirés par la musique et les musiciens inspirés par la littérature. Nous partageons ainsi, chaque année, la musique des mots avec des débats, des rencontres, des lectures musicales et la remise du Prix Livres & Musiques de Deauville, dont Jean Echenoz, Virginie Despentes et Pascal Quignard… furent au nombre des lauréats.

Ce jury d'écrivains a évolué au fil des

années. Il est devenu aujourd'hui une communauté d'écrivains et amis de Deauville qui nous accompagnent sur l'ensemble de nos rendez-vous culturels, rejoints parfois par certains des lauréats du Prix Livres & Musiques. Certains ont imaginé et porté des rendez-vous lors du 150e anniversaire de Deauville, d'autres s'impliquent avec générosité dans L'Amour en toutes lettres, moment unique de lectures consacrées, chaque mois de février, aux correspondances amoureuses.

Ce printemps 2020, Deauville a 160 ans et inaugure Les Franciscaines, joyau du patrimoine deauvillais devenu un équipement culturel innovant, associant musée, médiathèque et salle de spectacle dans un tiers-lieu qui se déploie, par une architecture inventive, dans un ancien orphelinat et couvent du XIXe siècle. Différents espaces de cet équipement culturel exposent et commentent la riche histoire culturelle de Deauville.

Nos amis écrivains connaissent cette histoire faite de mille histoires. Ils et elles ont vécu des moments marquants à Deauville, restitués et partagés dans ce recueil par quinze témoignages et récits personnels, tous inédits. Autant d'immersions dans un Deauville propre à chacun d'entre eux, révélant souvenirs et attachements, réveillant aussi parfois ses plus illustres fantômes.

Au-delà de nos retrouvailles régulières, Deauville les a inspirés. Ces quinze textes sont leurs cadeaux d'anniversaire à leur Deauville. Ils sont aussi des contributions réjouissantes, que ce livre fédère dans un tout nouveau jalon de la belle histoire que tisse Deauville avec les écrivains.

P. A.

# IMPRESSIONS D'ENFANCE

François Bott

J'avais quitté les ingratitudes et la sévérité, la grisaille et les froidures du lycée de Reims. Je comptais les kilomètres. J'étais sur la route du paradis et je réprouvais ces heures, ces minutes qui ne passaient pas assez vite. C'était le premier jour des grandes vacances. Je roulais vers la mer, vers la Normandie, vers Deauville, vers la villa où ma famille se retrouvait tous les étés. C'était encore le temps des routes nationales, et l'on traversait les villages et les petites villes de la France sentimentale. Mantes-la-Jolie, Évreux, Lisieux, Pont-l'Évêque redevenaient en juillet des étapes sur la route du paradis. Les baignades, les parasols, les cabines, les glaces de la Marquise, les parties de volley sur la plage et les Tours de France sur le sable étaient restés trop longtemps des rêves d'hiver. Le bonheur est toujours, quelque part, une revanche. Les étés de la vie allaient nous venger, nous consoler des hivers du cœur.

Hélas, au volant de la voiture, il y avait souvent un oncle qui voulait déjeuner sur l'herbe. Et cela ralentissait, rallongeait le voyage, qui pouvait durer quatre ou cinq heures, ou même toute la journée. Ah ! Les pique-niques des oncles, sur les bords des tranquilles départementales de la France profonde ! C'était un cérémonial, c'était une fête, presque une religion... Mais nous étions impatients et anxieux de savoir si Deauville, cette année, ressemblerait encore à Deauville, si l'été à venir serait aussi radieux que l'été précédent, et si Deauville avait préservé, durant l'hiver, son luxe éternel, ses lumières et le charme de ses demoiselles saisonnières. Nous étions en quelque sorte des contrôleurs, des inspecteurs de la beauté des choses. Mais, à peine arrivés, nous étions tout de suite rassurés, lorsque nous commencions de respirer l'air de la mer et que nos états d'âme devenaient des états de grâce. Tout était en ordre. Destinées à nous éblouir, à nous émerveiller, les voitures des riches — les Rolls-Royce, les Cadillac, les Delahaye — étaient rangées sagement devant le Normandy, avec des chauffeurs en livrée qui vous dispensaient des sourires cérémonieux, et discrets. « Les riches sont différents », disait Fitzgerald. Le mari de Zelda n'avait pas tort.

Et que dire des joueurs de poker et des habitués de la roulette ? Ils étaient eux aussi « différents ». Ces gens se levaient et commençaient leur journée à six heures du soir, et se ruinaient ensuite dans les profondeurs de la nuit. Ils rentraient se coucher lorsque l'aube se glissait dans les rues de Deauville. Ils avaient des visages soucieux, hâves et décavés, avec dans le regard, malgré tout, l'espoir de se refaire. Pour nous, c'était la « tribu des visages pâles ». C'est ainsi que nous les appelions. Ils étaient les héros de la dernière chance. Leur Far West, c'était les tapis verts des casinos.

Le mérite, l'un des mérites de Deauville, était de servir, de confirmer le romanesque de la vie, avec ses joueurs, ses stars et ses pipelettes. À Deauville, dans ma jeunesse, il m'est arrivé de rencontrer, d'apercevoir des héros, des héroïnes de romans — par exemple le peintre Kees Van Dongen, et, la plus mythique de tous, la star de Hollywood Rita Hayworth. Leur existence se partageait sans cesse entre le réel et l'imaginaire. Deauville est encore le meilleur endroit pour les jeunes gens rêveurs et romanesques, les âmes très littéraires.

Cet été-là, Rita était en villégiature à Deauville. Elle venait, alors, d'épouser le prince Ali Khan. Les jours de pluie, ma grand-mère acceptait que nous restions dans le salon de la villa familiale, pour recevoir son amie Juliette Magliano, qui était, à l'époque, la gouvernante et la confidente de Rita et se présentait comme une comtesse italienne ayant eu des revers de fortune. C'était très chic.

Nous étions ravis. C'était un personnage, cette Juliette qui se faisait appeler Iliette. Sans doute la plus pipelette de toutes les comtesses italiennes… Elle savait tout d'Ali et de Rita, tout de leur vie conjugale tumultueuse et de leurs scènes de ménage. Car même les stars se font des scènes de ménage. « Comme tous les amants, disait la comtesse, ils se fâchent pour avoir le bonheur de se réconcilier. » Ma grand-mère approuvait. « Encore un peu de thé, ma chère ? » Les deux dames finissaient par dénigrer le monde entier, en trempant délicatement, religieusement, leurs lèvres dans une tasse de thé, tandis que, sur les planches de Deauville, les lampadaires s'allumaient déjà, donnant à la côte normande quelque chose de surréel.

F. B.

# LES GRAINS DU TEMPS

Belinda Cannone

Enfin essayer de dire ce qui me touche dans le spectacle de la plage de Deauville. De toute plage, peut-être, pourvu qu'elle soit assez large pour que les silhouettes y paraissent minuscules et que la vue se noie à l'horizon.

Voilà : je m'avance sur les planches et devant moi s'étire, jusqu'à la frange des premières vagues, le sable, mer parfois retirée très loin. Comme on est au printemps, ou en été, ou à l'automne doux, des silhouettes partout, assises, couchées, marchant, jouant au ballon ou au cerf-volant, ne faisant rien, de ce rien de la vacance des week-ends. Indolence générale. Un bruit diffus : rumeur de plage, ponctuée par les cris des oiseaux. Quelques parasols et paravents de couleur. De ma place, je ne vois ni les visages ni les tenues, je ne sais pas à quels individus singuliers appartiennent ces corps, je vois juste des corps comme des signes lointains, des humains réduits à leur humanité devinée, bâtonnets sombres qui se découpent sur l'or du sable et le vert de la mer — voilà ce que nous sommes, me dis-je tout bas, signaux éphémères se découpant sur l'infini.

Parfois surviennent des chevaux, en file, lointains d'abord puis qui rejoignent les planches et disparaissent dans la ville. Autres signes, mythologiques, le cavalier et l'animal soudés, silhouettes sans âge, ombreuses et vives.

Je ne sais pas bien dire cette impression de temps suspendu, d'éternité, et aussi ce serrement de cœur : nous passons, fugaces, à peine distincts, nous aurons occupé ce segment de temps, ce segment de plage, et voilà tout. Pourquoi la plage me le rappelle-t-elle immanquablement ? Ce n'est pas un sentiment triste pourtant, et si j'osais, je dirais « une joyeuse mélancolie d'être en vie ». Tous ces corps se sont rendus sur la plage pour éprouver le vent, la chaleur, le repos, peut-être l'eau fraîche. Ils ne ressentent pas de manque, j'en suis sûre, le temps est rond, complet et lent. Le temps est plein comme un œuf. Nous sommes vivants.

Il me semble qu'enfant déjà, j'éprouvais les mêmes impressions et qu'elles se renouvellent, inchangées, chaque fois que je regarde une plage. Ainsi ma perception est-elle double : éternité de la plage, et ressassement de mes émotions, identiques au fil du temps. Double éternité. Si j'étais photographe, j'essaierais de fixer cette temporalité autre qui se manifeste sur le sable frangé d'écume, car les photos, je le sais, peuvent mieux la saisir. Mes pauvres mots à l'assaut du temps qui déborde le temps…

Si, toujours sur les planches, je délaisse le rivage et porte mon regard du côté de la ville, je découvre avec ravissement des petits bâtiments dans le style des années trente, aux formes arrondies, ornés parfois de mosaïques, des cabines aux noms d'acteurs qui enchantaient nos grands-parents — oh, ici aussi le temps hoquette, il me tire du flux ordinaire des jours et ses rubans flottent doucement dans le vent marin.

La plage de Deauville est associée aux week-ends. La plupart du temps (du moins je l'imagine), les gens se sont dit « Il fait beau, allons passer deux jours à Deauville, nous avons bien travaillé, allons voir la mer, nous en avons assez de la ville et de ses miasmes » (d'ailleurs leur petit chien toussait). Et sitôt arrivés, c'est la belle évidence maritime, ces verts et ces gris sur lesquels mousse le blanc des remous, le mouvement énorme de la Manche et la torpeur mélancolique de la plage qui soudain les oblige à ralentir. Voilà. L'agitation cesse, il faut ouvrir grand les yeux et la main en visière les porter au loin — du bout de ces lignes d'attention c'est vers soi-même qu'on reviendra. Respirer profondément, s'abandonner à la paix. Voilà. Sur le sable, chacun rendu à sa lente humanité qui se sait, sans se le dire, de passage.

B. C.

# SOLEIL 78

Arnaud Cathrine

Ce doit être en 77 ou 78. Disons 1978. Le fils aura bientôt cinq ans. Les parents sont de jeunes quadragénaires. La femme a eu une fille d'un premier mariage ; celle-ci passe ses vacances chez son père. Cette année-là, le couple et le fils sont à Deauville pour fêter Noël chez les grands-parents paternels. Le quincaillier de Vimoutiers et sa femme (qui tenait un magasin de « nouveautés ») ont pris leur retraite dans un appartement situé au-dessus du syndicat d'initiative. Vue sur la mairie fleurie. Le couple et le fils viennent souvent leur rendre visite pendant les vacances scolaires. Quelques années plus tard, ils achèteront une maison non loin de là, à Benerville. Pour le moment, la femme en est encore à s'acclimater : elle avait l'habitude de passer ses étés entre Saint-Tropez et Arcachon ; la Normandie, c'est encore autre chose. Mais elle a confiance en ses facultés d'adaptation. Elle a bien quitté Paris pour suivre son mari dans une petite ville nivernaise. À nous deux Normandie !

Le couple et le petit traversent Deauville et prennent la direction de la plage. Ils sont emmitouflés dans des manteaux en peau de veau retournée. La femme arrête son fils et réajuste sa cagoule rouge. Les nuages s'éloignant avec la marée, le soleil les suit comme une poursuite de théâtre. C'est un beau soleil d'hiver qui donne envie de marcher sur une plage immense. Et c'est précisément ce qu'ils vont faire. Ils dépassent le petit bâtiment blanc de plain-pied où l'homme venait danser lorsqu'il était jeune. C'est sur ce parking en épi que les garçons emmenaient les filles, ils les faisaient monter dans leur cabriolet et espéraient un baiser au goût de cocktail.

La femme rattrape le petit qui traverse n'importe où. La perspective de courir sur le sable, de le toucher, excite l'enfant au plus haut point. C'est ici, à Deauville, qu'il a vu la mer pour la première fois, songe-t-elle. C'est la première plage de sa vie. Le restera-t-elle, dans l'ordre de préférence qu'il se réinventera une fois adulte ?

*Un homme et une femme* est sorti il y a plus de dix ans et il est devenu impossible d'arpenter les planches sans penser à Anouk Aimée et Jean-Louis Trintignant, la voiture garée en travers, la bande-son de Francis Lai. En 2002, Vincent Delerm chantera : « C'est un peu décevant Deauville sans Trintignant. » Comprendre : triste. Pourquoi ? Parce que plus de trente ans auront passé sans qu'on les voie filer, alors une sorte de cafard nous étreindra à l'évocation des amoureux de Lelouch.

Le fils court sur la plage. Il est hilare. C'est émouvant de le voir s'ébrouer comme ça. Il y a quelques semaines, il a appelé ses parents au milieu de la nuit, lesquels l'ont trouvé paralysé des deux jambes. Ils ont couru chez un médecin de garde qui a tenté de le faire tenir debout, en vain. Paraplégie soudaine. Ils ont passé quelques heures dans la plus grande angoisse, imaginant déjà l'existence amoindrie de l'enfant, pensée de l'horreur.

Mais, aussi incompréhensible que cela puisse paraître, il a peu à peu retrouvé l'usage de ses jambes. Un obscur virus, a-t-on conclu. Le fils s'en souviendra. Oui, une fois adulte, il prétendra que c'est là son premier souvenir : le médecin, de nuit, dans son cabinet, tentant de le faire tenir debout, en vain. À présent, le couple le regarde se dépenser comme un petit chien fou. De loin, on ne distingue qu'un épais manteau surmonté d'une tête rouge. Il court, il court. Et si ça arrivait de nouveau ? Les jambes qui ne répondent plus. Il ne faut pas penser à ça, sinon c'est sans fin. L'homme et la femme sourient de voir leur petit se rouler dans le sable de *la-première-plage-de-sa-vie*. Comment profiter pleinement de ce moment qui ne sera bientôt plus qu'une image sépia ? Peut-être en se disant qu'il y en aura d'autres ? Décidément, la nostalgie a devancé l'appel cette année.

La femme trouve que le fils s'éloigne trop. Son chirurgien de mari en voit tellement d'autres, il ne va pas commencer à s'inquiéter parce que le petit n'est plus qu'un point rouge près de la ligne d'écume. Alors elle dit qu'elle va y aller, elle va aller le chercher et elle lance un peu fort, à l'intention du petit, comme s'il pouvait l'entendre de là où il est : « Arnaud, reviens ! Viens plutôt jouer par ici ! »

A. C.

# HIER ET DEMAIN

Régis Debray

Je hais Deauville et les estivants. Depuis 1940, l'année de ma naissance. Je ne suis pas pour grand-chose dans cette précoce mais ferme résolution. C'est ma parentèle qui s'en est (et m'en a) chargée : elle aimait beaucoup l'endroit. Deauville, Villers-sur-Mer et Blonville — où ma grand-mère maternelle possédait une maison d'été — revenaient trop souvent dans les conversations du repas dominical, à Paris. Il flottait autour de ces villégiatures une odeur de destin, de destination héréditaire. J'y voyais autant de piquets auxquels une généalogie voulait m'attacher pour la vie. Je ne les connaissais que par ouï-dire, n'ayant jamais mis les pieds, de toute mon adolescence, sur la Côte fleurie, mais la famille, on est contre. Ses alliés ne sont pas les miens, et je ne vote jamais pour ses lieux d'élection. Je les mets systématiquement en ballottage. On a l'esprit de système ou on ne l'a pas.

Je ne peux nier que Proust, par la suite, ait quelque peu entamé mes certitudes et réhabilité les suffixes en *-ville* de la côte normande. Égreville, Ermenonville, Incarville, Marcouville, etc. L'ombre dorée de Balbec grandissait ces stations, quasi confidentielles, du petit train Paris-Cabourg, mais pas de Deauville dans le chapelet du Temps perdu ni de dissertations de Brichot sur l'étymologie médiévale de ce nom. Balbec, c'est Cabourg, point final. Un pèlerinage au Grand Hôtel est toujours possible. Le Normandy a moins de titres à la considération littéraire. Quel écrivain transcendantal a marqué de son sceau la création artificielle d'un spéculateur et triste sire, ennemi de la République des Lettres comme de la République tout court, qui a chassé Victor Hugo de notre pays et tué le député Baudin en pleine rue, le sinistre Morny, ministre de l'Intérieur de Napoléon le Petit ? Varengeville-sur-Mer, c'est André Breton au manoir d'Ango, Étretat, c'est Arsène Lupin dans l'aiguille creuse, Le Havre, c'est Sartre prof au lycée, Honfleur, c'est Musset, Baudelaire, Eugène Boudin, Trouville, Marguerite Duras. Mais Zola ne va pas se baigner à Deauville. Malraux, non plus. Aragon, n'en parlons pas. Cocteau et Foujita se promènent sur les planches, mais ce n'est pas la même paire de manchettes. Dans les espaces intérieurs où l'esprit se réfugie pour aimer et détester, je ne voyais en ce lieu trop prestigieux pour être honnête que des saltimbanques et des dames du monde, du vison et du Rothschild, des yearlings et du baccara, de l'hippodrome et du Casino. Fric et frime : on ne mange pas chez nous de cette brioche. Le pain dur ignore les champs de courses. Il exige de l'aride, de l'escarpé, de l'ingrat. Le brut lui convient, le stuc le contrarie. Chez les amis et défenseurs des *Misérables*, c'est un parti pris d'ordre moral.

Le premier accroc porté à ce lointain serment d'aversion, frisant la révision déchirante, ce fut un film, *Un homme et une femme*, le Deauville pour hivernants. L'insupportable rose bonbon, le frac et le soulier verni en ont pris un sérieux coup. Anouk Aimée et Trintignant, c'était le gris perle, la pluie, la solitude. Tiens, intéressant. Et puis, si la plus envoûtante, la plus belle des créatures aimées (de tout temps mais de loin) a pu y trouver son coin perdu favori, c'est qu'il devait y avoir anguille sous roche. À voir donc, de plus près.

La compromission avec l'ennemi de classe — la mienne — s'est considérablement précisée quand mon ami Thierry Grillet, de la Bibliothèque nationale de France, me proposa un jour de déjeuner à Paris avec Monsieur le Maire de Deauville, Philippe Augier, en vue d'un projet insolite, un peu fou, une histoire de Paradis dont il faudrait faire l'histoire en images. J'indiquai d'emblée à mon ami que la Rive droite m'était interdite, et que le Fouquet's serait un *casus belli*. On transigea sur un quartier plus convenable et un restaurant bien famé mais idéologiquement neutre. Je fis alors la connaissance d'un inconnu très sympathique, ouvert, intelligent et sachant rire. Il n'était pas de mon bord mais nous nous sommes quittés les meilleurs amis du monde. La combativité baisse avec l'âge, c'est certain, et la lucidité en profite pour occuper la place. Cela n'a pas toujours que des inconvénients.

Il peut se faire, en effet, que la réalité des choses et des gens trahisse notre imaginaire, nous laissant passablement désarmé. Au début, on lui en veut un peu, à la réalité, mais en fin de compte, on se rend à l'évidence. C'est pour notre bien.

Voilà comment un Purgatoire normand très redouté s'enfonce dans la mémoire, pour laisser place à un Paradis perdu et enfin retrouvé, dans un couvent rédempteur et magnifiquement restauré, les Franciscaines. Voilà comment on retrouve avec bonheur, tout songe mis à part, les mouettes, les digues et les tentes à toile rayée, tant honnies un siècle plus tôt.

*Happy end* et nouveau départ. L'avenir a toujours raison du passé.

R. D.

# UNE NUIT À DEAUVILLE

Frédérique Deghelt

Il est une heure du matin, le type de la nuit va bientôt venir me remplacer. Je vérifie le fil de l'info, les dernières photos tombées, pour être sûre que je n'ai rien loupé. Washington aborde sa soirée, Tokyo est déjà dans l'effervescence des travailleurs qui se lèvent tôt. En face de moi, Pierre est effondré. Il ne travaille pas ce soir mais il m'a rejointe. Chagrin d'amour. Il a besoin d'une épaule et surtout d'une oreille compatissante. On est amis. Peut-être plus amis que collègues. Il parle sans pouvoir s'arrêter. De temps en temps il sanglote. J'hésite sur le choix du bar où débarquer avec une épave. Je n'ai pas envie de le voir se mettre à boire. Il lui faut de l'air, l'immensité, le sable sous ses pieds nus et recevoir des brassées de vent sur son visage.

On peut difficilement dire à un homme quitté par son grand amour « Allons voir la mer ». Ça sonne un peu comme « Retourne chez ta mère ! » alors je dis : « Et si on allait à Deauville ?

— Maintenant ? demande-t-il, ahuri.

— Pourquoi pas ? »

Un large sourire fend soudain son visage.

« Tu es la seule fille qui puisse me faire une proposition pareille à cette heure ! »

Je me dis qu'il ne connaît que des filles trop sages. C'est un garçon très rangé. Curieusement, dès que nous sommes en route, il ne parle plus de son chagrin insondable. Il évoque cette ville qu'il connaît très bien et moi pas du tout. J'ignorais que c'était pour lui un lieu d'enfance, les vacances de ses premières amours, quand il rêvait encore des lèvres des filles en ignorant leur cruauté. Il me raconte son grand-père, grand résistant qui a accueilli les unités belges de la brigade Piron quand le major général Gale, responsable de la 6e Division aéroportée britannique est arrivé à Deauville, en août 1944. Et fixant la route sombre j'écoute l'histoire de ce grand-père qui s'est cru longtemps coupable d'avoir été absent le jour où ses amis ont été fusillés, à peine un mois avant que les Alliés n'arrivent alors que le Débarquement avait déjà eu lieu. Puis il revient à ses propres souvenirs d'eau et de ville d'été. Il évoque la plage, ses tentes en pyjama, comme il les appelait petit, les planches de la promenade, brûlantes sous ses pieds et bordées de cabines, toutes semblables qui lui donnaient l'impression de ne pas avoir avancé d'un pouce quand il les longeait. Il se souvient dans un rire d'avoir longtemps cru que le Casino de cette ville était un supermarché de luxe dans lequel seuls les hommes en smoking et les femmes en robe de soie pouvaient entrer faire leurs courses… Puis il m'avoue qu'à l'adolescence, il a donné des rendez-vous dans une Porsche décapotable qui n'était même pas celle de son père ; il faisait croire aux filles qu'il était majeur en les invitant à monter, leur promettant de ne pas les emmener trop loin. Ouverte et toujours garée au même endroit, devant le restaurant Augosto, elle lui servait de carrosse immobile où embrasser les filles à l'heure du déjeuner. Tandis que je m'étonne qu'aucune de ses conquêtes n'ait exigé d'aller faire un tour, il me raconte en riant le fameux jour où le propriétaire est revenu plus tôt que prévu pour récupérer sa paire de lunettes, momentanément posée sur le nez de ce conducteur de pacotille. Pierre s'est pris un sacré savon mais le plus humiliant, c'est que la fille a raconté l'histoire à tout le monde et qu'il est passé pour un crétin dragueur. « Alors que je n'étais qu'un jeune romantique un peu innocent… » De récits en anecdotes nous nous rapprochons de cette ville qui n'est encore pour moi qu'une mélodie, chabadabada quand Jean-Louis Trintignant vient chercher Anouk Aimée au volant de sa Ford Mustang. Deauville quitte mon univers de fantasme et s'incarne à travers les souvenirs de Pierre.

Quand nous arrivons vers 2 h 30 la ville est déserte, les rues évoquent une ambiance cinématographique comme celle des films qu'elle accueillera dans une semaine, pour le 10e anniversaire du Festival du film américain. Sur les affiches placardées un peu partout, le visage stylisé d'une femme offrant ses lèvres laisse apparaître en arrière-plan les planches, deux ou trois parasols et leurs écharpes, évoquant ceux qui parsèment la plage dans l'ombre de notre promenade. L'un des pans du foulard enserrant le cou de l'actrice est le drapeau américain, l'autre de la pellicule de film. Nous marchons longtemps le long de la plage, humant l'air iodé, écoutant les vagues qui viennent mourir dans un souffle d'écume. Nous sommes silencieux. Pour rire, je lui propose de se baigner. Il en serait capable juste pour me montrer qu'il n'est pas le jeune homme sage que j'imagine. Je n'insiste pas. Il a sa dose de glace sur le cœur. Plus tard, quand je lui avoue que je n'étais jamais venue à Deauville avant cette nuit, l'amoureux inconsolable tient à me montrer l'hôtel Normandy. Il me guide comme s'il me faisait visiter son domaine et les maisons qui nous font face me paraissent appartenir à un décor. Elles évoquent pourtant la solidité des vieilles demeures de famille bien ancrées dans la réalité. Mais rien n'y fait, la lumière diffractée de la nuit accentue ma sensation de flâner sur un plateau. On s'attendrait presque à ce que de puissants projecteurs s'allument tandis qu'une voix crie : « moteur demandé, action ». Les colombages et l'aspect élégant de l'hôtel renforcent encore mon impression. Je prendrais bien une chambre, pour dormir. J'imagine l'intérieur cosy et une soudaine fatigue m'envahit. Je rêve… À l'angle d'un balcon, je crois voir la silhouette de Robert De Niro. Il est vraiment temps que j'aille me coucher !

Nous passons devant le Casino et l'histoire me revient, celle de Françoise Sagan épuisée par une nuit à jouer à la roulette. Elle vient de gagner 80 000 francs en pariant sur le 8 et à quelques kilomètres de là, le propriétaire du manoir de Breuil qu'elle loue l'attend vers 8 heures pour faire l'inventaire de fin de séjour. Pressée de rejoindre son lit, elle demande si par hasard il ne pourrait pas lui vendre la demeure et elle l'achète avec la totalité de son gain. On est en 1958, elle a vingt-trois ans et elle est déjà célèbre grâce à *Bonjour tristesse*. Quelques années avant elle, la propriété a été celle du père de Sacha Guitry. Les maisons d'écrivains me fascinent et je ne suis pas loin de croire qu'elles arrivent à pressentir d'éventuels futurs propriétaires auxquels, un jour, les murs pourraient souffler des histoires. Pour un peu je demanderais à Pierre de faire un détour pour voir le refuge aimé de cette femme dont j'ai lu les écrits avec passion. J'écris déjà et ne publie pas encore. Je n'ai même jamais envoyé mes écrits à quiconque. Ce métier de journaliste d'agence photo me permet de garder la liberté des mots quand la fièvre s'empare de tout mon être sans que je puisse comprendre ce qui se joue là. Mais je sens déjà que pour écrire il faut être libre, totalement détaché de ce qu'on voudrait nous voir écrire. Libre et bondissant comme l'était Françoise Sagan, comme l'est toute décision de découvrir au beau milieu de la nuit une ville qui a l'air si sage, posée sur son écrin nocturne. Il faut être un lieu solide à l'aspect tranquille pour accueillir les assoiffés d'azur, les poètes, les fous comme dans la chanson des oiseaux de passage. Et je pressens que Deauville source d'inspiration souffle les jours de tempête un air qui ferait éclater nos poumons. Peut-être que les histoires sont là, tapies derrière les murs, sous chaque grain de sable où le soleil de l'été finissant tremble encore.

Plus tard, assis sur la plage, nous attendons l'aurore. Soudain le ciel se ferme. Il se met à pleuvoir. Je frissonne en remontant dans la voiture. Un léger sourire flotte sur mes lèvres et, durant le trajet de retour, je sombre. Ça me semble durer cinq minutes, mais en réalité l'ombre de Deauville flotte jusqu'aux abords du périphérique. Je repense à la silhouette de l'acteur au balcon de la chambre que j'occuperai dans quelques années car j'ignore que la prochaine fois que je reviendrai, ce sera dans cet hôtel un peu mythique portant le nom de sa région, que tout ce que j'écris à l'époque et qui justifie qu'on me confie de grands chagrins deviendra ma vie. Une vie d'écrivain. Le lendemain, je note dans mon journal : « Une nuit à Deauville. Une ville qui fait semblant d'être un décor cache forcément quelque chose de profond. »

F. D.

# ET SI ON ALLAIT VOIR LA MER ?

Colette Fellous

C'était au mois de juin 1968, au siècle dernier, à Paris. J'avais dix-huit ans depuis quatre mois, en ce temps-là je comptais encore mon âge en mois et la ville était une fête permanente. J'étais étudiante en lettres modernes à la Sorbonne, aux premières loges dès le début de Mai 68. J'habitais à l'hôtel des Grands Hommes, j'avais découvert un matin les premières barricades rue Gay-Lussac et l'odeur des gaz lacrymogènes, j'avais défilé contre la guerre au Vietnam, je passais mes soirées au théâtre de l'Odéon, au milieu des chahuts et des débats improvisés. J'étais grisée, le monde allait changer de forme, nous n'étions rien, nous allions être tout. C'était ma première année en France et je trouvais qu'au moins ici, la jeunesse ne se laissait vraiment pas faire ! Sur mon carnet rouge, je notais tous les graffitis et les nouveaux slogans qui se multipliaient. Il est interdit d'interdire. Soyez réalistes demandez l'impossible. L'imagination au pouvoir. Et surtout Sous les pavés la plage. Il était pour moi celui-là. J'étais une fille des villes mais aussi une fille de la plage. Le sable, les cabines de bain, les cafés au bord de l'eau, l'odeur de la mer, j'avais grandi avec eux et les avais emmenés sous ma peau, je crois même que je les portais jour et nuit comme un vêtement invisible. Alors, un soir, vers minuit, au carrefour de l'Odéon, après avoir dévoré des saucisses-frites chez Jeannette, la petite baraque près du Procope, j'ai lancé à Romain : Et si on allait voir la mer ? Romain vivait chez ses parents, il était blond, cheveux longs, foulard indien noué vite fait, un peu hippie chic, toujours drôle et joyeux, partant pour toutes les fantaisies, j'aimais son accent parisien. C'était mon grand compagnon de cinémathèque et de bibliothèque. Chiche, je vais chercher la voiture de mon père, on part à Deauville ! Et dans la nuit, on a pris la route, en écumant toutes les chansons de Barbara et Ferré, la nuit était belle, ça sentait déjà la mer, on n'avait aucun bagage, le voyage nous avait presque rendus amoureux. Nous allions ensemble découvrir Deauville, ce nom était bien plus qu'une attente, il était une promesse de beauté, d'élégance et de liberté, nous prenions enfin possession de notre vie et de nos désirs. Deauville nous semblait alors incarner notre avenir, libre, ouvert, chantant, un avenir aux mille nuances : on regardait la route et elle nous faisait grandir. Deauville la première fois, c'est cette arrivée au petit matin, avec le sable un peu froid et la découverte stupéfiante d'un décor de cinéma, impeccable, adorable, majestueux. Ses villas splendides, l'hôtel Normandy, le Casino, la Villa des abeilles, la Villa Strassburger, construite sur le terrain de la Ferme du Coteau qui avait appartenu à Flaubert, mais ça je l'ai appris bien plus tard. Je découvrais les manoirs et les colombages, j'étais dans un livre d'images, je m'y sentais chez moi. En si peu de temps, j'avais changé d'époque, je me faufilais maintenant entre les pages d'un livre ou dans la lumière d'un film en train d'être tourné, je vérifiais les décors, les angles, les points de vue, je réglais la balance, faisais entrer la musique puis les acteurs, leurs voix, leurs visages en gros plans, les robes de satin noir brillaient sur le corps des stars. Romain et moi, ivres de fatigue et de joie, nous dansions pieds nus sur la plage, la tête renversée vers le ciel et la mer, tout était encore silencieux et devant la magie des planches, nous avions décidé que nous vivrions ici quand nous serions grands. Nos baisers, très timides, devant le paysage du jour naissant. Et le chocolat chaud dans ce beau café de la place Morny, où nous étions les premiers clients, nos yeux dépassant de la tasse, nos sourires complices, les brioches que nous n'avions pas touchées, nous étions arrivés là où notre désir nous avait menés. Ce sont ces images qui me reviennent toujours lorsque je suis à Deauville. Elle est très vite devenue ma ville cinéma, ma première fois. J'aime retrouver sa forme unique, à la fois ville et plage, à la fois passé et présent, il y a toujours ici quelque chose de secret qui m'aimante, que je n'arrive pas à définir. Elle représente à la fois ma jeunesse et mon amour du cinéma. Je me souviens de la grande exposition de photos du regretté Peter Lindbergh, en grand format, sur les planches : « Le Deauville de Peter Lindbergh, 1980-2015 ». Vingt-deux photographies de mode qui ont peuplé majestueusement la plage de Deauville. « À Deauville, disait-il, on plante le studio sur la plage, et on oublie le reste du monde. » Je me souviens aussi avoir attrapé très vite un train à ma descente d'avion, au retour de Buenos Aires, pour retrouver les jurés du Prix Livres & Musiques au théâtre du Casino, qui avaient choisi cette année-là de récompenser mon livre *Pour Dalida*. Une vraie joie de les rencontrer. Et furtivement, sur scène, devant les mots généreux de Jérôme Garcin, je revoyais ma première fois dans cette ville, la route de nuit et les chansons qui nous avaient accompagnés, Romain et moi, Deauville était ce jour-là devenue le cœur de toutes les chansons du monde. Je revoyais aussi la série de photos qu'avait faites Terry O'Neill de Sean Connery et Brigitte Bardot en 1968, elle dont j'aimais tant la voix dans « La Madrague », chanson qui avait accompagné mes treize ans sur les plages de Tunisie. C'étaient des photos de tournage de *Shalako*, le film d'Edward Dmytryk, je ne sais pas à quel moment de l'année 68 ce film avait été tourné, avant ou après le mois de juin ? Aurais-je pu la croiser au Bar du Soleil ? De la même façon, j'aurais tant aimé voir apparaître Jean-Pierre Melville sur le tournage de *Bob le flambeur* ou Gérard Blain dans son premier film *Les amis*. Tant de visages hantent encore les rues et les planches de Deauville, Jean Gabin, Rita Hayworth, Buster Keaton, Louis de Funès, Anouk Aimée, tous ces grands héros du vingtième siècle. Et tant d'autres rencontres que j'ai pu faire récemment au rendez-vous du Festival du film américain, Sandrine Bonnaire, Amos Gitaï, Christophe Honoré, qui faisaient partie cette année-là du jury. En chacun, il y avait une grâce et une beauté que je n'oublierai jamais.

Quelque chose en effet de secret aimante et réunit tous ceux qui ont choisi depuis cent soixante ans d'élire Deauville comme refuge :

comment l'écrire, comment le dire, comment le chanter ? Peut-être simplement par ces mots : bon anniversaire !

C. F.

# C'ÉTAIT UN PONEY-CLUB...

Jérôme Garcin

Une carrière ovale couverte de sable marin, située sous les fenêtres d'angle de l'hôtel Normandy, une rangée de boxes en équerre disposés autour d'un rond de longe, un petit club-house au toit bas qui faisait office de salon de thé et où, chaque matin, le vieux et merveilleux Robert Chaignon, une démarche arquée de cavalier à l'ancienne et un profil moustachu de cornemuseur écossais, buvait seul son café ou une bière contre la baie vitrée en se rappelant tous les enfants bien nés qu'il avait mis en selle et initiés à la voltige, ceux de Jean Gabin, de Ray Ventura et d'Eddie Constantine, sans oublier la fille d'Ali Khan et de Rita Hayworth... C'était, insolite, planté sur les lais de mer, le Poney-Club de Deauville que, en 1963, Robert

Chaignon avait acheté à la famille Khan avec la complicité de son copain Gilbert Bécaud et qu'il avait plus tard cédé à sa fille, Myvon, ainsi qu'à son gendre, Georges Cotrait, lui aussi professeur d'équitation, de voltige, mais encore de polo, et meneur de folles randonnées à travers la Normandie bocagère.

Les années passaient, la ville du duc de Morny s'agrandissait et se modernisait, l'imposant C.I.D. sortait de terre, Anne d'Ornano cédait, les bras ouverts, son fauteuil de maire à Philippe Augier, ancien patron de l'Agence française de vente de pur-sang, mais le familial, modeste, inchangé et vaillant Poney-Club, à cheval entre le boulevard Cornuché et la promenade des Planches, continuait de voir défiler des cavaliers en herbe et des adultes tentés par un galop fougueux sur la plage, à marée basse, jusqu'aux rochers de Blonville.

C'est là que commence mon histoire, au début des années quatre-vingt-dix. Une histoire toute simple, qui va changer le cours de ma vie. J'ai alors une petite trentaine d'années. Avec ma femme, Anne-Marie, et nos trois jeunes enfants, Gabriel, Jeanne et Clément, nous habitons une étroite maison de pêcheur, dans une impasse trouvillaise qui sent la crevette grise et où raillent de ventripotents goélands. Gabriel, six ans, demande à faire du poney. Nous l'inscrivons chez Georges et Myvon, qui deviennent vite des amis. Tous les jours, par le pont des Belges, nous glissons donc de Trouville à Deauville pour assister aux débuts en selle de notre fils aîné. Il n'est pas heureux, il est enthousiaste. Et très doué. Un matin, après sa leçon, Gabriel me tend avec un éclatant sourire les rênes de son poney bai : « Tu devrais essayer, papa, tu verras, c'est formidable. » Je m'entends encore lui répondre que, oui, bien sûr, pourquoi pas, si c'est toi qui me le proposes…

Gabriel ne sait pas qu'il a l'âge exact où mon frère jumeau, Olivier, a été renversé et tué sous mes yeux par un chauffard, sur une route de campagne. Il ne sait pas non plus que mon père, que son grand-père est mort d'une chute de cheval, en forêt de Rambouillet, à l'âge de quarante-cinq ans, emporté par un trotteur dément. Il sait encore moins que, longtemps, j'ai fui les chevaux parce qu'ils m'avaient enlevé mon jeune père. Remettre les pieds dans les étriers (car j'avais pris des leçons, autrefois, dans le club champêtre de Saint-Laurent-sur-Mer, où nous passions nos étés et où, chaque matin, mon père, cravate, bombe et bottes noires, galopait sur le sable historique d'Omaha Beach), c'était soudain affronter, en silence, les drames de mon enfance et défier un animal que je tenais pour meurtrier. Mais comment résister à l'appel de mon garçon blond, pour qui le bonheur était une évidence, et ne pas prendre la petite main qu'il me tendait en même temps que des rênes au cuir fatigué ?

Gabriel avait raison. Nos enfants sont des promesses d'avenir. Ils nous désencombrent de tout ce qui nous pèse et nous empêche d'avancer. Ils nous libèrent. Je l'ai écouté, je lui ai obéi. À Deauville, sous un ciel qu'on aurait dit chaque jour redessiné par Boudin, j'ai hissé mon corps ankylosé sur de gentils chevaux, sacrifié aux inévitables séances de tape-cul dans la carrière souvent battue par le vent marin, appris à sauter quelques barres avec Aramis, un lusitanien gris, me suis laissé embarquer plusieurs fois sur la plage par Minus le mal nommé, un énorme et puissant cheval noir. J'ai trouvé en Georges Cotrait mieux qu'un professeur : un allié, un confident, qui m'aidait à calmer mon passé et à surmonter mes vieux effrois. Saison après saison, le Poney-Club de Deauville était devenu le siège de notre nouvelle vie de famille. Car Anne-Marie, qui avait été initiée, petite, à l'équitation dans le manège belge de Knokke-Le-Zoute et avait connu, adolescente, des baignades à cru sur la plage méditerranéenne de Pampelonne, s'était également remise en selle et nous regardions partir, aux beaux jours, nos enfants pour de longues randonnées équestres qui les menaient, sous la houlette de Georges et en compagnie de ses trois filles, Aurore, Virginie et Fleur, de Deauville jusqu'au Mont-Saint-Michel, ultime étape où je les retrouvais afin de traverser avec eux, sur un trotteur d'occasion, la baie majestueuse.

Sans ce petit Poney-Club, qui ne payait

pas de mine et se refusait à la modernité, mais débordait de joie de vivre, d'affection, de complicité, je n'aurais pas découvert l'allégresse de galoper, botte à botte, avec mes enfants, ensuite avec mes chers disparus, je ne me serais pas réconcilié avec les chevaux, qui ont fini par m'apprendre la légèreté, la confiance et la gratitude, je n'aurais pas écrit, grâce à eux, sur leur dos musculeux et aux trois allures, la plupart de mes livres. Si j'habite aujourd'hui l'arrière-pays augeron, mes pas me mènent sans cesse à Deauville, cette capitale du cheval voulue par mon ami Philippe Augier, où se retrouvent, l'été, champions d'obstacles, jockeys de Touques et de Clairefontaine, meneurs de sulkys, joueurs de polo, simples cavaliers amateurs, où les fers des sabots rythment les heures et où même les écuries blanches d'Elie de Brignac, peuplées d'insolents yearlings, font de la musique de chambre. Lorsque, tôt le matin ou en fin de journée, je selle et sangle mon cheval devant le Poney-Club, juste avant de rejoindre la plage où il va boire le vent, laper l'eau salée et courser les mouettes, j'ai toujours un pincement au cœur. Car c'est là que, il y a presque trente ans, tout a commencé. Et je voudrais tant que ça ne s'arrête jamais.

J. G.

# MA FEMME EST PLUS INTELLIGENTE QUE SON MARI

Max Genève

Deauville, m'y voici de retour pour « rencontrer mes lecteurs ». On m'a même remis le prix il y a quelques années, j'aurais eu mauvaise grâce à me dérober, même si je ne brille pas dans cet exercice. Les amis des livres défilent le long des tables, on s'arrête rarement à la mienne. Une dame que je ne connais pas se penche vers moi.

— Elle a trente ans, monsieur, vous en avez plus du double, si c'est pas malheureux.

— Mais madame, je ne comprends pas.

— Vous ne comprenez pas ? Je vais vous rafraîchir la mémoire. L'an passé, ici même, en plein Salon du Livre, vous avez entrepris ma fille. C'est comme je vous le dis, bien sûr, vous ne vous en souvenez pas. J'ai encore votre dédicace en tête : « À la charmante

Daphné, dont le sourire radieux dériderait un hippopotame contrarié.» Tu parles, je me demande encore ce qu'un hippopotame venait faire dans cette galère.

— Je me le demande aussi. Vous savez, on écrit tant de choses. Peut-être ai-je voulu leur rendre justice, les hippopotames sont en général si mal aimés du public.

Elle hausse les épaules, remet en place l'exemplaire du livre qu'elle a fait mine de feuilleter et tourne les talons.

C'est vrai, je ne suis pas un bon client, comme on dit dans le métier. Enfant déjà, je ne savais pas sourire sur commande, et quand mon éditeur me découvre à la table des auteurs, planqué derrière mes piles de livres, il m'apostrophe: «Bon Dieu, Max, fais un effort, je ne te demande pas de harponner le lecteur, mais un petit sourire engageant, quoi, et ne fais pas cette tête d'enterrement, personne ne va te sauter dessus!»

Deauville donc, ville d'eau sûrement, plate désespérément, peuplée de têtes grises à fort pouvoir d'achat, arrivant de Paris en longues files interminables de quatre-quatre anthracite vitres teintées made in Germany…

Un peu caricatural, mon cher, vous ne croyez pas ? La réalité, c'est qu'on y vit bien, les enfants s'y plaisent, c'est un signe qui ne trompe pas. Je gage que monsieur le sous-préfet, si Deauville avait été préférée à Lisieux comme sous-préfecture, y serait heureux comme un poisson dans l'eau.

Et l'océan tout de même, l'océan à perte de vue, spectacle absolu toujours renouvelé, particulièrement le soir venu, quand la contemplation de ces ciels déchirants, beaux à pleurer, qui se mêlent aux flots en s'y fracassant, nous console d'être mortels. Vivant toute l'année dans une autre cité océanique, je ne suis pas dépaysé. Plutôt que de converser avec mes lecteurs s'il s'en trouve, j'aime à poursuivre ma conversation solitaire avec lui, vieil océan, que je ne manque jamais de saluer dès que l'occasion se présente, avec une pensée pour mon ami Maldoror.

À Deauville comme à Biarritz, je ne me lasse pas de contempler cette image de l'immensité toujours en mouvement où se proclame depuis la nuit des temps l'inquiétude infinie de la condition humaine. Oh certes, me direz-vous, on n'est qu'une goutte d'eau en comparaison, j'en suis conscient même si je prétends être celle qui fera déborder le vase — voilà où s'enracine une vocation d'écrivain !

Placée ici, me souffle ma femme, une anecdote tirée de tes séjours deauvillais qui en fourmillent ferait bien, si elle n'est pas trop salace. Elle ne déteste pas, en me lisant, tomber sur l'une de mes nombreuses infidélités rêvées. Tant que cela reste du papier, n'est-ce pas…

Un hasard coquin a placé Clémence Clévenet, une fort jolie consœur, dans la chambre à côté de la mienne. Je ne suis pas un dévot de sa littérature, son dernier roman, *Votre maman qui vous aime*, un ouvrage des plus sérieux, m'a fait pleurer de rire. *Modes et travaux* lui a consacré une pleine page et la fille de madame Angot l'a vivement conseillé dans *Cosmopolitan*, c'est dire. Elle me reçoit dans sa chambre, malgré mon âge, et me fait quelques chatteries mémorables au motif qu'entre voisins il faut savoir s'entraider, voire s'entr'aimer, une philosophie qui me va très bien.

Le moment littéraire, on n'y échappe pas, entre deux auteurs. Ma consœur est très embêtée, son éditeur attend son prochain livre : elle n'a pas la moindre idée. Ce sont des choses qui arrivent, moi, des idées, je n'en manque pas, ça grouille dans ma caboche. J'ai lu quelque part que deux tiers de nos lecteurs sont des lectrices, il n'est pas inopportun de les caresser dans le sens du poil. Je lui suggère un titre pour blaguer : *Ma femme est plus intelligente que son mari*.

Elle sursaute, comme électrisée, me regarde avec admiration : « J'achète illico. J'ai toujours voulu me mettre dans la peau d'un homme. Tu me le donnes, ce titre ? » Cela va de soi. Une coupe de champagne et nous voilà repartis.

Le lendemain, je rentre à Paris. Tard dans la soirée, un appel de Clévenet. Elle vient d'annoncer la nouvelle à son éditeur. « Mais c'est génial, ma petite Clémence. Je suis derrière toi à cent pour cent, je flaire le succès, là. Tu as combien de pages ? — Oh, quelques dizaines, ce n'est pas encore au point, il faut me laisser un peu de temps. — Prends tout ton temps, ma chérie. Tu veux combien ? »

Deux mois après sa parution, le roman de Clémence Clévenet caracole en tête des ventes, on parle déjà de trois cent mille exemplaires, la Ligue des droits des femmes l'a nommée séance tenante présidente d'honneur, quel succès mes enfants, en voilà une qui ne regrette pas d'être venue au monde et à Deauville. Et moi, me direz-vous ? Non, je ne ris pas jaune, Clémence a organisé un dîner avec son éditeur, elle ne m'a pas oublié, j'ai été invité, il serait question qu'il publie mon dernier opus. Premier tirage neuf cents exemplaires, je saurai m'en contenter.

Ah oui, faut pas croire, Deauville est une affaire pour qui sait y faire. Évitons de pédaler sur les planches pour ne pas nous y étaler, pauvre Jean-Edern. Et dis-toi bien, bougre d'âne, que ta femme est plus maline que toi, même si, pour avoir la paix, elle te proclame le plus malin des deux.

*Biarritz, sept. 2019*

M. G.

## *ONCE UPON A TIME... IN DEAUVILLE*

Paul Giannoli

*Once upon a time... in Deauville* débute par un plan large, dans toute la splendeur de la Panavision.

Je suis à la barre d'un véritable vaisseau de la route. Un paquebot ivoire, sellerie rouge, six feux encastrés dans des ailerons arrière. Une Chevrolet Impala. Décapotée.

Le vent agace le foulard de ma passagère aux cheveux roux: Kim Novak, oui Kim Novak, star de *Picnic* et de *Vertigo*, que la Columbia a lancée en alternative à Marilyn Monroe, star, elle, de la maison concurrente, la Metro Goldwyn-Mayer.

Le klaxon a des tonalités de grandes orgues de basilique. Celles de Lisieux? Nous avons dépassé Écardenville-la-Campagne, nous sommes sortis par la porte de Saint-Cloud, nous roulons sur la Nationale 13, rivale océane de la Nationale 7.

Je suis allé chercher Kim Novak à l'hôtel Raphaël, sorte d'ambassade d'Hollywood à Paris : dans le hall, elle croise Marlene Dietrich. Kisses des générations de sex-symbols.

Marlene : « *Going to Deauville... Normandie... Lucky you !* » Un ange passe, Gabin...

Deauville, après trois heures de route. Hôtel du Golf. Une suite pour elle. Je découvre ce qu'on appelle une chambre de chauffeur. Les réservations ont été faites par la company.

Un million huit cent soixante-sept mille cinquante-quatre spectateurs en France ont vu *Picnic*. Ils sont venus, surtout des femmes, pour William Holden torse nu sur l'affiche, sexy, superbe. Mais Kim Novak l'a éclipsé dès qu'elle est apparue à bord d'une barque illuminée par les lampions de la fête, ce *Picnic* dont elle est la Queen. Trois minutes d'anthologie du cinéma : ils dansent sur Moonglow, un fox-trot joué slow par Benny Goodman. Pas un seul plan provocant. Elle porte une robe de faille vieux rose, très serrée à la taille puis s'évasant en volants jusqu'à mi-mollets.

La robe typique pour aller au bal des jeunes filles de l'Iowa ou de l'Illinois.

Le décolleté carré, très sage, dégage la naissance des épaules : quand elle marche vers William Holden, elle ondule mais sans lascivité.

Je sollicite les essuie-glaces pour effacer les images qui embuent le pare-brise. Des millions de spectateurs, William Holden, James Stewart, Laurence Harvey, Gregory Peck, mais c'est moi qui l'accompagne pour ce week-end de Pâques in Deauville. Ce n'est pas un script, ce n'est pas un rêve, je le vis. Tout simplement mon copain, directeur de la publicité pour l'Europe de la Columbia, m'a téléphoné un vendredi saint : « Kim Novak arrive à Paris, elle a envie de connaître Deauville, j'ai un engagement, j'ai pensé à toi pour l'escorter. Tu veux bien me rendre ce service ? » Il me le demande sans rire. Pour le simple journaliste de *Paris Presse* que je suis, ce service est une porte sur un épisode que je n'aurais jamais imaginé. La Columbia s'occupe de tout, y compris la Chevrolet Impala préférable à ma voiturette, une Dauphine Renault qui ne tient la route que lestée d'un sac de sable à l'avant.

*Once upon a time in... Deauville.* Inévitable promenade sur les planches. Elle ôte ses nubucks blanches, s'étonne des tentes tournant le dos à la mer. « *It's stupid!* » Je lui raconte, là, sur le sable, qu'Isadora Duncan, en déshabillé de satin, avait quitté sa chambre du Normandy pour danser son chagrin aux lueurs de l'aube. Ses deux enfants, Deirdre et Patrick, s'étaient noyés dans la Seine, quelques jours auparavant. Escale à la Villa Black and White, écrin de ses amours saphiques avec la Loïe Fuller dont le nom fait réagir Kim Novak : « *The dancer with the changing lights on the draperies ? She came from Far West. She was brave.* »

Au Poney-Club, elle est marraine d'une jeune pouliche qu'elle prend dans ses bras. Photo. La presse l'a repérée. Ce matin, deux confrères de *Paris Match* rencontrés place Morny m'ont interrogé : « Il paraît que Kim Novak est ici avec un mec. Tu sais quelque chose ? » Je raconte mon histoire. L'un deux va au comptoir téléphoner à la direction de sa rédaction. Il revient : « Dédé (André Lacaze) me dit qu'on fait des photos quand même. »

Cette photo de deux cavaliers chevauchant à marée basse est publiée par *Paris Match*, *Stern*, *Bunte*, *Oggi*, *L'Europeo, Gente*... Pour le *Sun* je suis un comte italien. Il ose une supposition en faisant rimer Deauville et idylle. Ils ignorent que nous sommes flanqués toute la journée, partout, d'un chaperon, d'une duègne. Barbara est une jeune femme à l'allure stricte d'une amish ou d'une mormone. Elle est l'œil de la Columbia.

Samedi soir, déception. Kim Novak m'a annoncé que nous n'irions pas au dîner de gala, suivi d'un bal et d'un feu d'artifice. « *Sorry but, I don't feel like it on the eve of Easter.* » Tchèque de naissance, catholique fervente, elle ne veut pas faire la fête la veille du dimanche de Pâques. Derrière elle, jetée sur un paravent une longue robe fourreau mauve pâle, pailletée, irréelle. Ma fatuité est accrochée elle aussi à ce paravent. Je me voyais déjà faisant une entrée dans l'immense salle des Ambassadeurs. Les têtes se tournent, les fourchettes s'immobilisent, les murmures cessent : « Mais qui est ce type avec Kim Novak ? ». Pas de bal. Pas de gloriole. Elle propose « *Let's play cards !* » Nous jouons avec Barbara. Elles m'initient au whist. Nous mangeons des sandwiches coupés en triangle.

Pour aller à la messe, en l'église Saint-Augustin, elle cache ses cheveux sous une immense capeline blanche. Elle s'agenouille pendant l'élévation.

Dernière séquence de *Once upon a time… in Deauville* : Pluie. La Chevrolet Impala sur la Nationale 13 luisante. Plan sur les six feux arrière qui s'éloignent, s'amenuisent jusqu'à devenir indistincts.

En 1989, Kim Novak est invitée d'honneur du Festival du cinéma américain de Deauville. Au bord du tapis rouge, badaud parmi les badauds, je la regarde passer.

Pour moi elle porte la longue robe mauve pâle. Ce week-end de Pâques 1960 elle a peut-être semé des pop-corn qui quinze ans plus tard vont éclore.

THE END.

P. G.

# DEAUVILLE SOUS LA NEIGE

## Jean-Louis Gouraud

Des mauvaises langues aiment dire qu'à Deauville il pleut tout le temps. C'est faux : parfois, il neige ! Ce fut le cas, par exemple, dans les tout premiers jours de l'année 1987. Et j'en conserve un des meilleurs souvenirs de ma vie de cavalier !

La quarantaine venue, j'avais décidé de réaliser enfin un vieux rêve : aller galoper sans retenue sur une plage infinie.

Ma mère m'avait souvent emmené en vacances sur l'une ou l'autre des nombreuses stations de la Côte fleurie : Cabourg, Houlgate, Villers… Mais c'est sur la plage de Deauville que j'avais aperçu, à marée basse, des chevaux trotter à l'horizon, les pieds dans l'eau.

Ce fut un émerveillement.

Les années passèrent, mais l'image resta, insistante, obsédante.

J'eus l'occasion, par la suite, d'aborder de nombreux autres rivages : au Maghreb, en Afrique noire, en Chine, en Inde, au diable Vauvert... Mais c'était toujours la vision enregistrée à Deauville qui me revenait.

Je me mariai, j'eus des enfants. Lorsque l'aîné, Hannibal, atteignit l'âge de dix ans, je lui offris un joli petit cheval de type haflinger à la crinière un peu rousse. Pour ne pas faire de jaloux, j'achetai en même temps pour sa sœur Attila, de deux ans sa benjamine, un second, aussi blond qu'elle.

Cela les amusa un moment mais, comme c'est, paraît-il, souvent le cas, ils trouvèrent bientôt des occupations plus passionnantes que le pansage des chevaux, les stages d'équitation et les corvées de fumier.

Ainsi devins-je peu à peu l'unique utilisateur de ces deux merveilleux petits chevaux : Loch-Ness, le rouquin, un côté bulldozer mais d'une générosité inépuisable ; et Jumping, un crins lavés facétieux, assez doué pour se débarrasser de cette charge inutile et même gênante qu'est un cavalier.

Fin 1986, n'y tenant plus, j'appelle un de mes amis disposant d'un van à deux places, et lui propose de venir passer avec moi et mes deux quadrupèdes quelques jours de sain divertissement sur les bords de la Manche.

Pas difficile dans le Calvados de trouver un gîte proche de la mer pour les chevaux. Pas difficile en cette saison de trouver un logis pour les deux amateurs de chevauchées débridées sur le sable dur des plages. Quant à la météo qui, comme d'habitude, se trompe toujours, elle annonce un beau temps sec.

Nous arrivons, mon ami Michel, les deux haflingers et moi, dans la soirée du 5 janvier. Mauvais choix : dès le 6 au matin, les personnels d'EDF (bientôt suivis de leurs collègues de la RATP, puis de la SNCF) décrètent la grève générale. Nous voilà sans électricité, sans chauffage, sans café brûlant au petit-déjeuner. Mais, pour compenser, nous découvrons en sortant un spectacle inouï, stupéfiant, inimaginable : le pays est entièrement couvert de neige. On rêve !

Ici, qu'on me pardonne une petite digression, qui va nous mener loin, très loin de Deauville. Ayant beaucoup fréquenté l'Afrique, je m'y suis fait beaucoup d'amis. Avec l'un d'eux, Frédéric Noah, la relation devint même familiale, puisque je suis l'heureux parrain de sa fille Cathy. Frédéric est né dans un village reculé du sud du Cameroun, et appartient à une ethnie du groupe Béti, les Etons, dont les autres disent qu'ils sont certes très intelligents, mais deviennent un peu fous une heure par jour !

Écolier spécialement éveillé, le petit Frédéric est repéré par un missionnaire, qui l'envoie étudier à la ville, où il rattrape vite son retard. Voyant en lui l'avenir de sa région natale, les villageois se cotisent pour financer ses études supérieures, qu'il va suivre là-bas, au bout du monde, chez les Blancs. Saisi par un froid glacial, Frédéric arrive un soir de décembre à Caen, où une brave dame a accepté de lui louer une chambre. Lorsque, le lendemain matin, Frédéric tire les rideaux, il découvre un paysage inconnu, d'une blancheur immaculée : une sorte de grand linceul. « J'ai cru que j'étais mort, me raconta-t-il plus tard. J'étais persuadé d'être arrivé dans l'au-delà. »

Telle ne fut pas exactement notre réaction, à Michel et moi, en découvrant, le 6 janvier au matin, la plage couverte de neige, les vaguelettes de la mer formant des cristaux gelés en se retirant. Nous courûmes aux écuries annoncer la bonne nouvelle à nos chevaux.

Après les avoir réchauffés d'un pansage vigoureux, bouchonnés à la paille, bichonnés à la vaseline au pli des paturons et embouchés de filets simples, nous avons gagné d'un pas énergique les rivages déserts, dont aucun homme, aucun animal, à l'exception peut-être des mouettes, n'avait encore souillé le sol. Après avoir resanglé les selles, solidement arrimées à l'anatomie ventrue de nos montures, nous partîmes d'un petit trot que Jumping et Loch-Ness, pris soudain d'un irrésistible besoin d'avaler les kilomètres, transformèrent vite en un galop effréné — tel que j'en rêvais depuis l'enfance.

Il aurait fallu nous voir, cavaliers hurlant de bonheur, traverser l'espace blanc sur des chevaux pétant de joie. Mais nul ne fut témoin de cette chevauchée fantastique : aucun piéton n'avait été assez inconscient pour se promener sur la plage ce jour-là, à cette heure matinale et par ce froid glacial.

À midi, le spectacle était terminé : la neige avait fondu, la plage était redevenue une belle étendue de sable fin, que la mer, doucement, allait recouvrir à marée haute.

J'ai eu, depuis, l'occasion de vivre encore des aventures hivernales exaltantes. J'ai pu driver un trotteur orlov sur l'hippodrome glacé de Moscou (on avait alors remplacé les roues du sulky par des patins). J'ai grelotté de froid en traversant à cheval les pâturages enneigés du Caucase. Et d'autres, et d'autres. Mais ce ne furent pas toujours des parties de plaisir. C'est à Deauville, le 6 janvier 1987, jour de grève générale, que j'ai compris pourquoi Antoine Charles Louis de Lasalle, général des hussards des armées napoléoniennes, riait aux éclats lorsqu'il menait une charge de cavalerie.

Monter à cheval peut rendre fou (de joie).

J.-L. G.

# LE PARADIS DE LA DIANE

Patrick Grainville

Aller à Deauville. On sent immédiatement une ouverture de plage, de mer, d'espace clair, de lumière. De luxe aussi. « Là tout n'est qu'ordre et beauté, luxe, calme et volupté » écrit Baudelaire dans *L'Invitation au voyage.* Deauville est, dans mes souvenirs et mon imaginaire, associé depuis la petite enfance à des images de chevaux et de jockeys. Les jockeys montent à cheval. Alors on voyait tourner les cavaliers, leur casaque chatoyante, leur cravache. Ils écoutaient les ultimes conseils de leur entraîneur. On observait les montures rutilantes, leurs longs muscles, leurs jambes délicates par rapport au gonflement de la croupe, leur style tranquille ou nerveux, leur robe dorée, brune, grise. Avec toujours cette superstition enfantine des chevaux gris comme s'ils devaient réserver une surprise. La peau frémissante. Toute cette masse déliée, élancée, balancée, fondamentalement étrange dont la longue tête se hausse ou s'abaisse par à-coups, la bouche tiraillée de droite et de gauche par le mors. On aimait les piaffements, les effrois soudains, les écarts, la reculade du cheval, sa rebuffade. Le jockey le tapote. Tous ces signes annonciateurs d'un tempérament fougueux, prometteur ou l'inverse, d'une instabilité capricieuse… Les chevaux se rendent au départ. Sont sous les ordres. L'attente, le suspense : partis ! Un moment, on les perdait de vue, et, dans la dernière ligne droite, la tension montait, les spectateurs se dressaient sur la pointe des pieds, toutes les têtes rivées sur la chevauchée qui s'accélérait. Des cris, des noms jaillissaient, des encouragements à tue-tête ! Des chevaux se détachaient, d'autres les rattrapaient, certains perdaient du terrain. On adorait le cavalier qui fusait à l'extérieur, débordait tous ses concurrents. Comme s'il avait su réserver ses forces pour le combat final. Alors c'était un comble de vitesse, de cravaches, de couleurs, de muscles, de poitrails, un magma de vie frénétique. Un martèlement de sabots. Et le gagnant obtenait la victoire d'une tête ou haut la main. Toutes les tribunes tonnaient de clameurs, de joie ou de déception.

Il me semble que mon goût de la phrase foisonnante, rythmée, colorée, turbulente me vient, parmi d'autres influences, de cette vision de la course de chevaux, de sa guirlande tonique. La troupe qui semble compacte dans les virages, étirée sur les longueurs, puis formant grappe bariolée, échauffourée, chaos de vie, tumulte à deux cents mètres de l'arrivée. Chaque mot : le joyau d'un jockey. La phrase, une échappée de chevaux luxuriants.

Ces moires d'écume blanche qui enrobent la monture pantelante, après la course. L'empressement d'allégresse. Les félicitations, les caresses, les sourires. Une meute joyeuse enveloppe le cavalier vainqueur et son cheval. On ne manquait jamais le Grand Prix de Deauville qui était un jour aussi faste que Noël ou Pâques. Le sommet de l'été, de la saison, comme on disait. Un frisson de volupté rare.

Quand mon père gagnait, il nous emmenait à la poissonnerie acheter des homards, ou bien au restaurant. L'argent du jeu était aussitôt dépensé, la fête continuait. J'étais fasciné par ce récit où il racontait avoir tout perdu, un jour de courses, dans sa jeunesse. Il était revenu à pied par la mer. Deauville, Trouville, Hennequeville, Villerville, notre village. C'était comme si je le voyais marcher, escalader les rochers, passer au pied des falaises. Contourner les éboulis, sauter au-dessus des galets. Il avait perdu, il revenait les poches vides. Il était juvénile et fringant. Merveilleux. Je n'étais pas né.

Le Casino était un espace plus confiné, plus feutré que le champ de courses. La roulette décidait du destin, sans le truchement des coursiers magnifiques, de leur compétition épique sur le gazon à perte de vue. Les choses — espace et temps — se resserraient autour de la piste alvéolée que la bille parcourait. C'était lisse, circulaire et fulgurant. Faites vos jeux, les jeux sont faits. Rien ne va plus ! J'adore ce « rien ne va plus » ultime, la tournure inattendue de la sentence. La superstition est plus intense, plus paroxystique qu'aux courses. Chaque chiffre a son aura, son prestige magnétique. Moi, c'était le 9. Je le jouais et souvent je perdais, bien sûr. À la sortie du Casino, un jour de défaite, la lumière efface tout. Le Casino de Deauville est si proche de la plage et de la mer. Il suffit d'avancer. Et l'étendue libre, inondée de clartés versatiles, lave la mélancolie. Perdre c'est sentir un désespoir ambigu, c'est être ramené à sa vie nue. À un instinct vital épuré. Un bonheur intimidé! C'est marcher le long de la côte, comme mon père dans sa prime jeunesse, ayant perdu tout son argent, mais porté par ses forces intactes, appelé par sa vie ouverte.

Deauville, c'est cette plage sans fin, cet infini de sables aux nuances multiples. Doré, blond sec, presque immaculé, brun, sensuel à marée basse, mouillé. Dur comme du bois, solide. Ou meuble, tendre. Cannelé, raide sous les pieds nus. J'aime la marée basse qui agrandit démesurément l'espace. La mer retirée, plus plate, où se baigner sans la foule. Quand le soleil décline laissant un long sillage mystique sur le flot. Aller vers cet or fluide.

Un soir du début des années 2000, j'ai vu deux jeunes femmes, d'origine asiatique, menacées par la marée qui soudain remontait. La plage était vallonnée, et, à cette heure tardive, le poste de surveillance était fermé. Les baigneuses n'avaient pas anticipé les dénivelés. Elles ne savaient pas nager mais sautaient gaiement dans les vagues quand, tout à coup, elles perdirent pied, la mer ayant envahi l'espèce de dôme de sable où elles se trouvaient. Je pressentis de loin le drame avant qu'il n'éclate. Je me souviens nettement du rutilement de cheveux noirs, de la joie d'abord, et du danger. J'arrivai juste à temps pour les attraper. Je revois le tourbillon de cheveux noirs qui coulait. Je me saisis d'un bras et ramenai la jeune femme à la surface, l'autre qui avait gardé son sang-froid vint se caler sur mon dos, à califourchon. Jockey-cheval ! La première avait le visage ravagé d'effroi tandis que je les halai toutes les deux vers le sable. Le seul acte « héroïque » de ma vie fut accompli à Deauville, un soir d'été tardif. Je n'ai pas demandé leurs noms aux deux jeunes femmes. Elles ont rejoint, sur la partie lointaine et sèche de la plage, leur famille qui n'avait rien vu.

Cette plage, je l'aime aussi l'automne ou l'hiver. J'en ai photographié les grandes moirures crépusculaires de gris, de bronze qui se confondent avec la couleur de la mer. Au couchant. Toujours. C'est d'une grande beauté un peu ténébreuse. Un cosmos sauvage. Un vaste miroir secrètement lumineux, frangé de noir, de mystère.

Un souvenir de Deauville m'a inspiré tout un roman : *La Diane rousse.* Ce fut le fameux été 1976 ! Une canicule mémorable mais qui, à l'époque, n'inaugurait aucune ère menaçante et apocalyptique. On n'évoquait pas encore le réchauffement de la planète. Ces jours torrides étaient parfaitement innocents. Je revois les chaises longues, vers vingt heures, installées, à marée basse, dans les vaguelettes. L'air était rouge. Je suffoquais délicieusement. De grands vols de coccinelles s'étaient abattus sur le sable. Elles s'agglutinaient aussi sur les pans des tentes qui bordent la promenade des Planches. Des grappes, des essaims de coccinelles farouches. Ce Deauville africain, fourmillant, m'exaltait. Au cours de ces journées de paroxysme, m'apparut la Diane, oui, la Diane rousse. C'était une femme splendide, noire de soleil, aux yeux verts, coiffée d'un casque de cheveux de feu. Elle promenait ses deux setters roux le long de la plage. Torse dégainé, nu, guerrier. Seins retroussés. L'époque était impudique et libre. Déliée, musclée, telle une Amazone hardie. Un nuage de coccinelles rouges incendiait le ciel où elle arborait sa crinière, son torse et ses chiens. Deauville flamboyait. Un Deauville complètement mythologique. J'aime les métamorphoses. Deauville était le paradis de la Diane.

P. G.

# AU BAR DU SOLEIL

Stéphane Héaume

Il m'avait repérée depuis un moment déjà, mais j'avais fait mine de ne pas m'en apercevoir. C'était le 15 août, il y avait un monde fou au Bar du Soleil et j'avais dû faire le pied de grue un bon moment avant de me précipiter sur une chaise enfin libre. Lui, il devait être là depuis des lustres. Plongé dans son journal, peu attentif à la foule qui défilait sur les planches. Seul, un chapeau sur la tête, un verre vide devant lui. Il pouvait avoir une petite trentaine. Fine chemise à rayure, pantalon pied-de-poule, chic, et riche sans doute, ça se voyait à son style, à la façon dont il tournait les pages de son journal. Tout à fait mon genre : le genre de gars qui ne voudrait pas de moi, m'étais-je dit au début. Ce n'étaient jamais les bons qui se retournaient sur moi. Mais celui-là, quand même, au bout d'un moment, il s'était mis à me regarder. J'étais à peine plus jeune que lui ; j'avais enfilé ma petite robe de coton bleu lavande. Je lui avais plu, peut-être. Ce que j'aimais, à cette terrasse, c'était observer tous ces gens qui ne faisaient rien, qui criaient sur la plage, jouaient ou lisaient à l'ombre des tentes multicolores. Le Bar du Soleil, c'était bien pour ça. Il se passait toujours quelque chose. Je m'étais lassée du bar du Casino, trop guindé, trop de raseurs, trop d'arrogants qui se pensaient irrésistibles. Trop, quoi.

« Vous êtes donc seule un quinze août ? »

C'était une voix très nette, ronde, presque grave. Il avait un beau sourire, vaguement gêné. Il n'avait pas baissé tout à fait son journal, de sorte à pouvoir s'y replonger si je l'envoyais paître. Il se ménageait une sortie. Mais comme ça me faisait plaisir, je lui ai répondu gentiment.

« Oh, vous savez, ça ne me dérange pas d'être toute seule. Et puis… il y a tant de monde ici.

— Vous êtes de Deauville ?

— Oui, non… Enfin pas vraiment. Je ne suis pas née en Normandie.

— Ah bon ? Vous êtes d'où ? »

Il avait plié le journal.

« Du sud. Du sud de la France, près de Nice. Vous connaissez la Côte d'Azur ? »

Il se mit à rire et j'ai aussitôt pensé que j'avais dit une bêtise, j'ai toujours peur de dire une bêtise. Mais c'était un rire bienveillant, et puis je m'en fichais, après tout. J'en connaissais d'autres, des gars qui se fichaient de moi.

« Je vous offre quelque chose à boire ? Il a l'air bien ennuyeux, votre jus de tomate, et c'est bientôt l'heure de l'apéritif. Voulez-vous un cocktail ? un gin tonic ?

— Oh c'est fort, trop fort pour moi.

— Ç'est ma boisson favorite.

— Bon, d'accord, alors. »

Il héla le garçon qui venait de décharger son plateau et commanda les deux gin tonics, et puis il me demanda :

« Que faites-vous, à Deauville ?

— Oh, je vais, je viens. Je travaille là-bas, du côté du Casino. »

Il avait soulevé son chapeau, très peu.

« Vous vivez ici ?

— Oui, oui.

— Et comment une jolie fille de la Côte d'Azur se retrouve-t-elle à travailler au Casino de Deauville ?

— C'est parce que j'ai suivi ma sœur. Enfin, ce n'est pas qu'elle habite ici mais elle y vient toutes les semaines, en avion privé. »

J'avais baissé la voix, je ne voulais pas qu'on m'entende. Parce que les tables voisines écoutaient. C'était ça, le Bar du Soleil. Il n'y avait que des gens très bien habillés, des milliardaires, peut-être, qui connaissaient ma sœur.

« En avion privé ? Mazette ! dit mon bel inconnu.

— Oui, dis-je. Elle a épousé un homme très riche. Un Autrichien. Ils descendent toujours au Royal. Si vous aviez vu leur suite ! C'est une de mes amies qui me l'a montrée, un soir, pendant qu'ils étaient au restaurant. Elle est femme de chambre. Seulement… »

On nous apporta nos boissons. Je trempai mes lèvres, c'était délicieux.

« Seulement quoi ?

— Ils font une drôle de paire, tous les deux.

— Ils ne sont pas assortis, c'est ce que vous voulez dire ? »

J'hésitais à lui répondre. Mon regard se perdait dans le mouvement de toutes ces silhouettes, la plage qui fourmillait, les vacanciers, tous ces corps à moitié nus, l'ourlet blanc de la mer, le bleu du ciel et les voiles immaculées. Vraiment, j'aimais le Bar du Soleil et j'aimais les questions de l'inconnu. J'avais l'impression d'être importante, de compter pour lui, il s'intéressait à moi et ce n'était pas vulgaire. Le gin faisait son effet.

« Je pense qu'elle le trompe, fis-je brusquement. Il est plus âgé qu'elle, un peu replet, c'est un banquier d'un autre temps, vous voyez ?

— Mmh. Il doit y avoir des histoires d'argent.

— Oh, sûrement. Parfois depuis le Casino, je la vois, ma sœur, le soir, tard, longer le Royal, suivre la promenade des planches. Il y a souvent un type qui la suit de très loin, comme s'il l'observait ou lui voulait quelque chose. Je l'admire beaucoup, ma sœur, elle est courageuse, mais elle m'inquiète un peu. J'ai toujours peur qu'il lui arrive quelque chose. Ce type, je ne sais pas qui c'est.

— Un détective privé, sans doute, engagé par son mari. »

Le soleil était chaud sur mes épaules. L'inconnu les caressait du regard, c'était à peine visible mais je le savais bien. Je ne suis pas idiote. Plus j'observais son visage, le mouvement de ses lèvres, plus je le trouvais séduisant. Il était posé, avec des manières de père de famille. Aucune alliance, pourtant. Il me paraissait rassurant. Son œil vif, sa curiosité, tout me plaisait chez lui. Et puis quoi ? une petite aventure, pourquoi pas ?

« Et vous, demandai-je, que faites-vous ?

— Oh, répondit-il avec bonne humeur, un peu comme vous, je vais, je viens. C'est l'été, on m'a invité, je suis venu à Deauville en bateau, je vais rester un peu, je pense. On va voir si la Normandie me porte chance.

— Vraiment ? Alors touchez-moi. Touchez mon épaule ! Ici, oui. »

Là, je crois qu'il ne s'y attendait pas. Il eut un air surpris et cela m'a fait rire.

« Pourquoi ici ?

— Parce qu'il paraît que je porte chance. Si vous me touchez l'épaule, la chance vous sourira.

— Vous avez des pouvoirs, alors ? s'exclama-t-il.

— Au Casino, on m'appelle La Mascotte. Je vous assure, ça marche, vous verrez.

— Alors je tente ma chance ! »

Il posa sa main sur mon épaule. C'était doux, délicat et très électrisant. Il la retira aussitôt, de peur de m'effrayer, et but son verre d'un trait. Et puis il eut l'air de vouloir réfléchir et extirpa de la veste accrochée à son fauteuil en rotin une blague à tabac et une pipe. Pendant qu'il était occupé, silencieux, à sa petite préparation, je repris ma pose préférée et détaillait tout ce petit monde frivole. La mer n'était pas bleu sombre mais d'un bleu aérien de pastel. Au loin, sur la droite, j'apercevais le toit des maisons qui s'élevaient sur la colline de Trouville.

« Vous savez, dis-je, je vous ai menti. Je n'habite pas Deauville, je n'ai pas les moyens, j'habite chez des braves gens dans une petite maison de pêcheur à Trouville.

— Oh, ne vous en faites pas, dit-il en bourrant sa pipe. Le mensonge, c'est mon fonds de commerce. Sauf aujourd'hui. Je suis en vacances.

— Vraiment ? Vous êtes bien mystérieux.

— Mais non, mais non ! Au fait, vous m'avez bien dit que le mari de votre sœur était un banquier autrichien ?

— C'est exact.

— J'espère pour lui et votre sœur qu'il n'a pas investi sa fortune à la Credit Anstalt, vous avez lu ça ? »

Il déplia le journal. Sur la page de gauche, il y avait des photos de l'Empire State Building, à New York, inauguré trois mois plus tôt. Sur la page de droite, un article entier était consacré aux conséquences de la banque qui avait fait faillite.

« Un mari ruiné, il y aurait là un mobile de crime.

— Quelle idée ! » lançai-je un peu effrayée.

Il me prit la main qu'il tapota comme si j'étais une enfant de seize ans.

« Oh, pardon, pardon, fit-il, je vous ai fait peur. Si, si, je le vois, vous ressemblez à un petit oiseau blessé. Mais dites-moi, quel est votre prénom ? »

Nous parlions depuis un moment et nous ne savions pas qui était l'autre. Il était si charmant, si beau et je me sentais si légère, si heureuse que je voulus lui faire un petit cadeau.

« Je ne vous dis pas mon nom de famille car c'est imprononçable, un nom autrichien, comme le mari de ma sœur. Mais mon prénom, c'est Louise. Tenez, pour vous remercier de ce gin tonic, je vais vous donner quelque chose qui m'est cher. Contrairement à ma sœur, je ne suis pas très riche, mais ceci est un peu le résumé de ma vie. »

J'ouvris mon sac de plage, farfouillais.

« Voilà, c'est pour vous, dis-je en lui offrant une rose.

— Une rose !

— Je suis marchande de fleurs. Aujourd'hui, pour une fois, j'ai laissé mon panier au Casino, dans une malle, sous les marches.

— Vous êtes charmante, vraiment charmante !... »

Il prit la rose et la respira longuement en fermant les yeux. Puis il la déposa sur la table et son regard m'enveloppa.

« Alors moi aussi, dit-il, je vais vous faire un cadeau. »

Il se pencha à nouveau sur sa veste d'où il tira un livre qu'il me tendit.

« Tenez, dit-il. Voici. C'est mon dernier roman que j'ai signé ce matin sur les planches, en face, à la librairie Hachette. Je m'appelle Georges. Georges Simenon. J'espère que vous me porterez chance… Voulez-vous que j'écrive une petite dédicace pour Louise, la fleuriste de Deauville ? »

S. H.

Georges Simenon est venu en 1931 à Deauville à bord de son yacht l'*Ostrogoth*, invité par la librairie Hachette le 15 août pour signer ses derniers romans. Il est déjà un écrivain célèbre. Le personnage de Maigret a été créé deux ans plus tôt. C'est en juin 1938 qu'il écrira à La Rochelle une nouvelle intitulée *La fleuriste de Deauville* en se remémorant son séjour normand.

# MICHEL, ANNE, PHILIPPE ET LES AUTRES

Philippe Labro

Deauville, pour moi, cela aura d'abord été les d'Ornano, et le cinéma.

Cela remonte à loin, c'est presque une histoire de famille. Mon père, conseiller juridique, s'était occupé d'une partie des affaires d'une société de parfums dirigée par Guillaume d'Ornano. Lorsque ces deux vrais modèles d'homme eurent disparu, il me vint naturellement l'envie de me rapprocher de Michel d'Ornano. Nous évoquions souvent les deux pères qui avaient façonné une partie de nos vies et de nos carrières.

Le jeune maire de Deauville se lançait déjà dans la politique, mais nos conversations tournaient, avant tout, autour de la littérature, la poésie, les arts. Il y avait quelque chose de séduisant chez cet homme, dans son désir de conjuguer la conduite d'une ville et d'une vie politique avec l'amour du verbe, du texte, voire de l'image. Il nous récitait du Musset ou du Nerval avec la même fluidité qui lui permettait de tracer son chemin pour accompagner un futur président de la République, Giscard. Il possédait un atout supplémentaire : une femme de grande qualité. J'ai rencontré Anne, son épouse. Sa connaissance et sa familiarité avec les États-Unis, très proches de la mienne, ont joué une part importante dans les liens qui se sont créés. Tous deux me dirent :

— Viens donc rencontrer notre ville, sa plage, ses maisons, sa verdure, son charme.

Ainsi devais-je découvrir ce qui a été — et demeure — ce que j'appellerai un sentiment « deauvillien » : comme une sensation de calme, de paix, d'équilibre, une alchimie de lumière et de parfums, une évasion proche de ce que j'avais connu et aimé dans les Hamptons de Long Island, près de New York. On n'est pas loin de la capitale, ses bruits et ses fureurs, on sait qu'en quelques heures on peut quitter tout cela pour s'adonner aux simples plaisirs des marches le long de la mer, du spectacle des cavaliers qui longent les vagues en déambulant vers Villerville, au bonheur, si français, de s'installer à une terrasse pour voir passer les gens, passer le temps, passer les saisons. Même sous la pluie, ici, tout va bien, tout est facile.

Les choses s'accélèrent : je suis invité à participer, dans les salons d'un hôtel parisien, à une rencontre informelle entre gens qui aiment le cinéma américain, et souhaitent le défendre. On est au milieu des années 70 — 1974 précisément. La pensée dominante du moment, dans les milieux de la critique cinématographique, est hostile à tout ce qui concerne les films américains. Autour de la table, il y a Georges Cravenne, infatigable, deux garçons pleins d'énergie et d'ambition, Lionel Chouchan et André Halimi, il y a Vadim et d'autres noms aujourd'hui disparus. Va naître de cette rencontre le projet d'un Festival du cinéma américain. Les d'Ornano accueillent cette idée avec enthousiasme. Il se tiendra donc à Deauville.

C'est un tournant culturel. Deauville en

connaîtra beaucoup d'autres, dont je parlerai tout à l'heure. Les d'Ornano, Michel et Anne — on peut dire, aussi, Anne et Michel — vont devenir les hôtes courtois, efficaces, omniprésents de ce qui constitue, d'emblée, un événement. Au fil des premières années, avec la présence de Pierre Salinger, mais aussi et surtout d'un petit homme au verbe habile, à l'influence considérable, au savoir-faire diplomatique et politique, l'Américain Jack Valenti, président de la Motion Picture Association of America, le Festival prend rapidement de l'ampleur. J'associe donc, encore aujourd'hui, à mon affectueux attachement à Deauville les moments exceptionnels que nous connûmes avec, entre autres, William Wyler, Lee Marvin, Clint Eastwood, Jack Nicholson, Elizabeth Taylor, Gregory Peck, Sidney Pollack, Vincente Minnelli, Kirk Douglas, King Vidor, Cyd Charisse, Robert Altman, Gene Kelly, Richard Brooks et même Norman Mailer ! Incroyable panorama, carrefour de talents, de légendes, celles que l'on dit « vivantes ». Deauville m'aura fait ce cadeau : la possibilité d'écouter et fréquenter des hommes et femmes, tous habités par la passion du spectacle, du film, de l'expression artistique. Un générique éblouissant — tous ces noms, astucieusement inscrits sur les petites installations de bois le long des fameuses planches, et qui font de Deauville, décennie après décennie, un mini-Hollywood, une singulière et unique occasion de mieux appréhender la richesse, la diversité, la multiplicité, l'impact du cinéma américain sous toutes ses formes. Parmi les instants d'émotion que j'ai pu partager avec le public et les invités, je me souviens de ce soir de septembre 1998, lorsque Steven Spielberg nous fracassa, nous tétanisa, avec les premières séquences de son *Saving Private Ryan*. À la fin du film, il y eut d'abord une sorte de silence lourd, aussitôt suivi d'une interminable ovation.

Il faut revenir un peu en arrière. Le drame intervient en 1991. Michel d'Ornano meurt brutalement, un accident absurde. Anne, courageuse, ferme, pointue, déterminée, redressant son beau port de tête, avec sa voix claire et prenante, son autorité et sa résilience, va succéder à son mari à la mairie et présider le

Festival que rien ne peut détruire. Les années Anne d'Ornano, de 1977 à 2001, vont perpétuer l'image, consolider ce qui est, d'ores et déjà, une présence, un instrument de pouvoir aussi bien culturel que commercial.

Or, il se produit un petit miracle, c'est comme une empreinte indélébile. Voici qu'arrive, après Anne, un homme qui va, à son tour, faire monter la ville et son aura de plusieurs crans : Philippe Augier. C'est aussi cela, pour moi, Deauville : un vertigineux passage, comme dans les courses de relais quand le témoin est transmis de main en main, de Michel à Anne et de Anne à Philippe. Ce sont les relais de l'inventivité et de la créativité. Le cinéma ne suffit largement pas, ne suffit plus pour cette nouvelle personnalité qui apparaît au début du XXIe siècle. Augier s'attelle, dès le printemps 2001, et il le fera de saison en saison, à une véritable construction culturelle : musique, livres, expos, conférences, colloques, littérature, photographie, cinéma, tout s'ordonne, s'organise et se structure. Pour le cinéma, pour le Festival, les noms et les visages américains ont changé, bien entendu, le temps a fait son œuvre, mais l'esprit est toujours là. La grande différence, c'est que l'on ne peut plus limiter Deauville à la seule célébration du 7e art américain. Son maire a compris ce qui, d'ailleurs, est une caractéristique française : la bonne gestion d'une ville, la santé de sa survie, passe, avant tout, par la part prépondérante donnée à la culture.

Deauville, désormais, pour moi, pour les miens, est donc devenue ce lieu où je peux écouter violons, violoncelles, pianos, flûtes et hautbois des jeunes musiciens du Festival de Pâques, dans la salle Elie de Brignac. Les meilleurs pur-sang y sont vendus aux enchères, certes, et il est facile, mais juste, d'écrire que les meilleurs pur-sang de la musique baroque, les futurs grands noms du classique y auront fait leurs débuts.

En somme, cela n'est pas très compliqué : j'aime Deauville aussi bien pour ce passé que j'ai voulu évoquer de façon factuelle, sans pathos ni nostalgie, que pour ce présent, si riche, si stimulant, toujours axé vers d'autres objectifs.

J'aime participer, sous la compétente autorité de Jérôme Garcin, aux délibérations du Prix Livres & Musiques.

Lorsque, le soir venu, à l'heure où du mauve, de l'orange, du violet, du carmin viennent s'allier en nuages éphémères dans le ciel au-dessus de la mer, quand le soleil se couche sur cet espace magique, j'aime, avec celles et ceux qui m'entourent, me diriger jusqu'aux planches. On gare la voiture. On enlève les chaussures. On va s'avancer sur le sable jusqu'aux tapis de coquillages qui vous mènent aux premiers flots d'une marée basse. Une sorte de sourire vous atteint, le meilleur des sourires, celui qui ne se voit pas.

Peut-être, au fond, est-ce cela, depuis si longtemps, qui persiste et scelle mes fragments de mémoire deauvillaise : la certitude du sourire.

P. L.

# EN ATTENDANT SAGAN

Christine Orban

C'est en attendant Sagan que j'ai découvert ma maison près de Deauville.

Françoise Sagan nous avait invités à passer une fin de semaine chez elle, au manoir du Breuil à Équemauville.

Les amis étaient arrivés à peu près en même temps, le vendredi dans l'après-midi, Sagan n'était pas là. Sagan nous suivrait.

Que faire en attendant Sagan ?

Des choses folles. Tomber amoureux. Amoureux d'une région, d'une maison.

En parcourant en voiture les routes charmantes de la côte normande, j'ai rencontré la maison de mes rêves. Une vieille bâtisse posée sur une prairie. C'était une chaumière du siècle dernier qui regardait la mer, devant elle, la prairie se confondait avec la ligne d'horizon. Seul le soleil à son coucher les départageaient.

La mer et moi, c'était une histoire d'amour et d'enfance et là, si près de Paris où je me croyais condamnée à l'abandonner, je la retrouvais.

Elle n'avait pas les mêmes couleurs que celle de jadis sur les côtes atlantiques, plus grise, plus torturée, plus proche de Turner que de David Hockney, mais c'était la mer.

Le coup de foudre fut si immédiat que nous prîmes rendez-vous avec la fameuse agence immobilière de la rue du Casino à Deauville. Madame Boitard connaissait la « vieille ferme » et elle allait appeler la propriétaire.

Nous sommes rentrés le cœur battant au manoir du Breuil à Équemauville, les invités jouaient aux cartes dans une atmosphère enfumée, Sagan n'était toujours pas là.

Nous avons dîné chez elle, sans elle.

Nous étions tous transformés en une bande d'involontaires squatteurs.

Même scénario le second soir, à la différence que cette fois c'était certain, Françoise viendrait à la tombée du jour.

Vingt heures, vingt et une heures, vingt-deux heures, Sagan n'était toujours pas là, le gigot refroidissait et l'invisible maîtresse des lieux nous priait par l'intermédiaire de sa gardienne de passer à table.

Elle arriverait dans la nuit.

Nous nous installâmes dans son salon, devant sa cheminée, à l'extérieur la lourde grille ne s'est pas ouverte. Françoise avait été retenue, mais elle serait là demain, c'était certain pour le déjeuner.

En attendant Sagan dans la matinée nous partîmes nous promener sur la plage de Deauville.

Son roman *Des bleus à l'âme* m'avait montré un « Deauville d'octobre, abandonné et brûlant », mais la mer me parut moins « vide » qu'elle la décrivait, au loin quelques petits voiliers comme posés sur les flots ressemblaient à des cocottes en papier. Dans le ciel, les mouettes perpétuellement « affolées rasaient les planches », le soleil était blanc et à contre-jour ces « personnages qu'on eût dits tirés de *Mort à Venise* de Visconti » étaient toujours là. Sagan m'avait donné un avant-goût du spectacle.

Et pourtant, ce n'est pas à cause de la présence de Sagan que j'ai aimé Deauville mais à cause de son absence.

Ce n'est pas grâce à ce qu'elle m'a dit, mais grâce à ce qu'elle ne m'a pas dit.

Ce n'est pas en m'appuyant sur ses commentaires mais en les ignorant. Quant à sa légende, tout ce qui était écrit sur elle me semblait réduire la romancière à quelques excès de vitesse, à quelques coups de dés et de chance qui lui permirent d'acquérir son manoir.

Son personnage finissait par lui faire de l'ombre, mais c'était à cause de cette glorieuse désinvolture que j'avais découvert ma maison sur la mer.

L'art et la littérature m'avaient offert un tout autre éclairage de la ville mythique ; je gardais en mémoire les cabines en osier sur la plage d'Eugène Boudin, les ports de Paul Signac, les coquelicots qui envahissent les champs de blé de Monet, les fermes de Millet, les descriptions de Barbey d'Aurevilly, de Guy de Maupassant, de Flaubert qui tantôt appréciait, tantôt se méfiait de « l'influence des lieux sur les livres et de celle des livres sur les lieux… », lui qui avait respiré depuis sa naissance « le brouillard du Nord ».

Je redoutais les états d'âme de Proust pour qui le bord de la mer semblait « rythmer ses sanglots… ». J'appréhendais « l'endroit le plus élégant du monde » selon Michel Georges-Michel, cet endroit où les femmes sortaient en jupe longue, capeline et gants blancs, rien à voir avec la chemise aux manches retroussées et la coupe à la garçonne de Sagan mais nous étions dans les années folles.

Ni les élégances ni les casinos ne m'ont emmenée à Deauville, ce qui m'a émerveillée c'est cette ville construite le long de la mer. Ces toits de tuiles ou de chaume, moitié anglais, moitié normand, ces pommiers, ces clochers singuliers, la campagne et la mer, si proches. J'ai appris à aimer la mer en hiver, les vagues qui se fracassent au pied de blanches falaises, les longues promenades à marée basse, l'odeur de l'iode et de l'herbe fraîchement coupée, et celle du bois qui se consume dans les cheminées. Cette ville cache son jeu, balnéaire en apparence mais culturelle aussi, elle abrite le célèbre festival du cinéma américain, des concerts, des prix littéraires, et bientôt le bâtiment des Franciscaines enfin restauré qui deviendra un extraordinaire lieu de rencontres.

La Côte fleurie près d'Honfleur chère à Victor Hugo tenait toutes ses promesses.

Nous sommes rentrés pour le déjeuner, Sagan au volant de sa voiture a fini par arriver, l'agence immobilière par appeler, la maison nous attendait, Deauville était entrée dans mon cœur.

C. O.

# AU BOUT, LA MER

Vanessa Schneider

Je ne me rappelle plus exactement qui a dit « oui » en premier. Était-ce Marie, Cécilia, Chris ou Vadim ? Ça ne pouvait pas être moi, j'étais bien trop timide alors pour émettre publiquement un avis. Quand Jean nous avait lancé, entre deux bouffées de Chesterfield, « allez, on part à Deauville ! », nous nous étions regardés en pouffant. Ce soir-là, comme désormais tous les samedis soir, nous avions usé la piste de La Nouvelle Ève, une boîte de nuit du quartier de Pigalle que Jean nous avait fait découvrir. « Le Palace, c'est terminé », avait-il décrété une nuit d'hiver. Une de ses connaissances lui avait parlé de La Nouvelle Ève, son podium sur lequel les couples dansaient des rocks endiablés, ses femmes portant des chignons hauts impeccablement laqués, ses hommes qui se déhanchaient dans des costumes ajustés. Nous nous y étions immédiatement sentis à notre place. Les garçons de la bande revêtaient leurs teddies et ciraient leurs chaussures de ville pour se fondre dans le décor. Avec Cécilia et Marie, nous sculptions nos chevelures en d'impressionnantes choucroutes et glissions des créoles en laiton à nos oreilles. Nous arrivions vers minuit, après nous être retrouvés dans un café des alentours autour d'une barquette de frites grasses. Sur la piste, nous avalions des gin-tonics en esquissant des pas de charleston copiés sur ceux de nos voisins. Parfois nous nous lancions dans des rocks nerveux, enchaînant les passes que nous apprenait Marie le samedi après-midi dans le grand appartement désert de ses parents. C'était la seule d'entre nous à avoir été membre d'un rallye, ces clubs où les familles de la haute bourgeoisie réunissent leurs rejetons pour tenter de préserver un entre-soi qui sera un jour ou l'autre forcément menacé. À La Nouvelle Ève, nous ne parlions à personne, nous nous suffisions à nous-mêmes.

Nous formions tous les six une petite troupe soudée de fraîche date, mais déjà convaincue que jamais elle ne se séparerait.

Notre goût pour la littérature nous avait rassemblés dans cette classe préparatoire d'excellence dont nous avions rapidement compris qu'elle était beaucoup trop exigeante pour nous. Nous nous accrochions tant bien que mal, passions des heures à réviser ensemble à la bibliothèque Sainte-Geneviève, dont le lustre suffisait à satisfaire nos prétentions de jeunes snobs, dans l'espoir vain de passer en seconde année pour ne pas décevoir nos familles. Seul Jean assumait s'être trompé, il continuait à venir en cours, mais ne rendait plus aucun devoir, se contentant d'intervenir de temps à autre, avant de replonger les yeux mi-clos dans un état proche de l'ennui ou du sommeil. Après les cours, il nous accompagnait à la bibliothèque, non pas pour y travailler, mais pour ne pas nous laisser seuls, disait-il. Sa présence suffisait à nous rendre heureux. Nous étions fiers d'être son ami, puisque tout chez lui nous paraissait somptueux : sa haute taille, les épais foulards de couleur de sa mère enroulés autour de son cou, ses dents d'un blanc qui leur donnait une apparence presque factice, son regard fatigué et ses cheveux sombres, sa manie de rouler les livres, de les malmener pour les faire entrer dans les poches de son imperméable. Partout où nous allions il attirait les regards et puisqu'on le regardait lui, on nous regardait nous.

Ce soir-là, il faisait particulièrement chaud, une éclosion brutale de printemps après un hiver humide. Nous avions traîné en terrasse plus tard que d'habitude et, alors que nous arrivions à La Nouvelle Ève, la fête battait déjà son plein. Nous avions dansé comme jamais et étions ressortis en nage, vêtements collants et joues en feu, voix cassées par les cigarettes et l'alcool. Il était quatre heures du matin, nous nous apprêtions à rentrer, quand Jean avait parlé de filer à Deauville. « Tu plaisantes ? » avait tenté Chris. Mais Jean n'avait pas l'air de plaisanter du tout. Sa voiture était garée deux rues plus loin, il connaissait la route pour l'avoir faite de nombreuses fois. Il ne nous avait pas précisé dans quelles circonstances. Souvent, il commençait des phrases sans vraiment les finir, évoquait des souvenirs d'un air entendu comme si nous savions de quoi il parlait, évitant ainsi de trop en dire, de telle sorte qu'on ne savait au fond pas grand-chose de lui.

Nous l'avions suivi dans la nuit.

Jean avait pris le volant, Cécilia s'était glissée à ses côtés comme elle le faisait toujours, et nous nous étions les quatre autres entassés à l'arrière de sa Golf, un cadeau de ses parents quand il avait quitté Bordeaux pour Paris. Lorsqu'il parlait pour ne pas s'endormir, une main agrippée au volant, l'autre tenant une cigarette, je me penchais vers sa nuque au prétexte de mieux l'entendre. J'en profitais pour respirer les effluves du parfum qui s'échappaient de ses boucles brunes. Il portait Habit Rouge de Guerlain, ce qui constituait pour nous un luxe absolu. Il roulait beaucoup trop vite, mais aucun de nous n'aurait songé à le lui reprocher. On gardait nos peurs secrètes, craignant de passer pour des gamins quand il paraissait avoir déjà vécu cent vies. Je regardais les lumières de la route défiler à toute allure en me réjouissant de cette virée follement romantique.

Marie s'était assoupie contre l'épaule de Vadim, Chris avait posé sa tête sur mes genoux. Cécilia s'était retournée vers moi en me lançant un clin d'œil. Quand nous étions entre filles, nous passions des heures à décrypter la carte des sentiments de notre petit groupe. « Chris est amoureux de toi », aimait-elle à me répéter. Je haussais les épaules, je savais bien que nous étions tous, les filles comme les garçons, amoureux de Jean.

« Ouvrez bien vos yeux », avait soudain murmuré notre conducteur en faisant ralentir la voiture sur la route du front de mer. Le ciel se levait à peine sur l'immense étendue de sable. Jamais je n'avais vu de plage aussi grande. La mer était grise et poisseuse, inaccessible dans l'aube naissante. Nous avions bondi hors du véhicule courant sur le sable pour nous en rapprocher. Un léger vent chargeait l'air d'une odeur de sel et de varech. La mer au bout de l'autoroute, la mer à deux heures de Paris, Jean n'avait pas menti. Oubliant la fatigue, nous dansions au bord de l'eau comme des enfants hilares électrisés par une incommensurable sensation de liberté. Les garçons étaient partis chercher des croissants en ville et nous étions restées toutes trois alignées face à l'horizon en regardant le ballet des mouettes. Les viennoiseries englouties, nous nous étions endormis à même le sable, emmêlés les uns aux autres. Le bruit des familles qui venaient s'installer pour la journée avec parasols et paniers à pique-nique nous avait réveillés. Le soleil était vif et nous poussa à nous jeter à l'eau. Nos sous-vêtements mouillés faisaient rire les enfants. Nous nous étions allongés au soleil, fumant des cigarettes, paressant, chantant nos chansons préférées. Jean nous avait emmenés au Bar de la Mer où il avait commandé des huîtres et du vin blanc pour chacun, il avait fermement insisté pour payer l'addition. Nous étions allés nous rendormir sur le sable.

En fin d'après-midi, alors que les plus petits s'égaillaient encore autour de nous leurs goûters à la main, Jean se leva brutalement, sonnant le signal du départ. Sur le chemin du retour, nous étions restés silencieux, comme si chacun voulait garder à l'intérieur de soi la magie de ces dernières heures. Jean nous avait déposés à nos domiciles respectifs comme il le faisait à chaque fois qu'il nous embarquait dans sa voiture. Nous nous étions dit « à demain » en nous effleurant les joues par de rapides baisers, pressés de rentrer chez nos parents où une douche chaude nous débarrasserait du sel et du sable.

Le lendemain, Jean ne s'était pas rendu en cours. Les jours suivants non plus. Lorsque nous essayions de lui téléphoner, la sonnerie retentissait dans le vide. À l'entrée de l'immeuble qui abritait sa chambre de bonne, la concierge nous indiqua qu'il avait déménagé. Il était rentré à Bordeaux chez ses parents, un malheur était arrivé là-bas, elle n'en savait pas davantage. Elle n'avait aucune adresse à nous communiquer. Cette échappée nocturne avait été son cadeau d'adieu.

Avec Vadim, Chris, Marie et Cécilia, nous nous sommes rapidement perdus de vue. Jean était le ciment de notre groupe. Nous voir sans lui ravivait le chagrin. Depuis cette nuit de printemps, je retourne régulièrement à

Deauville. J'en aime chaque recoin, chaque odeur, chaque son. Parfois, sur la plage ou au détour d'une rue, je crois reconnaître la voix de Jean ou sa démarche singulière. Ce n'est jamais lui. Je ne peux pas m'empêcher de le chercher encore.

V. S.

*Composition : Entrelignes (64)*
*Achevé d'imprimer par Normandie Roto Impression s.a.s. à Lonrai*
*en mars 2020*
*Dépôt légal : mars 2020*
*Numéro d'imprimeur : 2000941*

ISBN : 978-2-07-7152-5462-6 / Imprimé en France.

**365779**